二十个
站台

江汀 著

漓江出版社

图书在版编目（CIP）数据

二十个站台 / 江汀著 . —桂林：漓江出版社，2017.4
ISBN 978-7-5407-8049-4

Ⅰ . ①二… Ⅱ . ①江… Ⅲ . ①散文集—中国—当代 Ⅳ . ① I267

中国版本图书馆 CIP 数据核字（2017）第 055946 号

策划编辑：陆　源
责任编辑：陆　源　孙静静
责任监印：周　萍　黄菲菲
封面设计：周伟伟

出版人：刘迪才
漓江出版社出版发行

社址：广西桂林市南环路 22 号　邮政编码：541002
电子邮箱：ljcbs@163.com
网址：http://www.lijiangbook.com
热线销售：010-85893190-805

印制：北京汇瑞嘉合文化发展有限公司
开本：787×1092　1/32
印张：6.5　字数：80 千字
版次：2017 年 4 月第 1 版　印次：2017 年 4 月第 1 次印刷
定价：36.00 元

目录

第三辑

前记

　　几年前我曾设想过自己的散文写作。那时我希望它是"不安之书"式的，或者"阿克梅派的清晨"式的。在动荡的几年之间，我设法让生活稳定下来；而心智中的另一部分，又一直在反对那种稳定。无论如何，这本小书中的文字，尽管它们不如我所设想的那么好，但仍然还是被写出来了。

　　我的意思是，它们已经不再有别的可能性了。现在我即将年满三十岁，在书中的几篇文章里，我提到了生活的变化。从私人性的自我救赎，到敞开的日光下的见习，在写诗多年之后，我好像是进入了一个公共的广场。在这里，我遇到自己的朋友们，仿佛是被选定了似的，我与这些人成为同时代人。现在，我从已写出的文字中再次认识他们。

　　在此我交代一下这本书的结构。第一辑是我的诗学自辩，谈论了自己的写作；第二辑是为我身边的诗人、小说家和画家而写的评论，这来源于我和他们的交往；第三辑是对外国现代作家所写的阅读札记。其中大部分篇目都写于近三年之内，也基本上在《经济观察报》等报刊杂志发表过。

这批文章隐隐地有一个总体的形状。因为在北京生活的特殊经验，我选择了"二十个站台"作为书名。惟愿读者在翻检本书的时候，也能视这些文章为一系列地铁站台，在它们之间展开一次夜间的旅途。

感谢漓江出版社的慷慨和信任，此前我的诗集也有幸在这里出版。在那本诗集的后记中我引用了一句话——"我们大家都是盲人，一同触摸着中国这只巨型的大象"，它来自于现在这本书所收录的《钟放的忧郁》。挚友钟放于今年十月匆匆离世，他是虔诚的基督教徒，此时他在天国得到了静谧和安宁。我也走进了生活的下一个阶段，我将去找回自己幼时阅读过、但现在已经散失的一批童书。

江汀

2016 年冬

第一辑

二十个站台

有一阵子，我常常在晚间坐地铁，横穿当代的北京城。在末班车上，我感到疲惫，仿佛自己所坐的小小位置，正好嵌在冬日最深的地方。于是我不由自主地想起舒伯特的曲子《冬之旅》，因为自己正好身处一次旅行。北京地理是一个宏大的形象，由于每日生活在它的内部，我从幼时构建起来的时间感和空间感发生了变化。我得以常常进行这种短途旅行，这在幼时的经验里是难以设想的。而接下来的时刻，我将去注视车厢里的人们，他们大多和我一样面露倦容。

我成长在安徽南部的一个小镇，晚上十点之后，大人们就会催促孩子入睡。现在我回想那些夜晚，小镇的街道上空空荡荡，偶尔有汽车穿行而过，假如有什么夜间旅行的话，那只能是"肉桂色铺子"式的幻想。假如童年的自己来观看现在的生活，那么它一定是光怪陆离的。但它可能在什么时候暗暗地吸引了我。夜晚时间进入公共生活，可能是今天与以往有所不同的特点。今天在北京，我和友人们的聚会大多在夜晚，而散场一般在末班地铁之前。

我意识到，地铁是一种典型的当代经验。现在是 2015 年 10 月，最近一个月以来，地铁 6 号线的屏幕上一直在反复播放阅兵仪式的录像。然而有趣的是，只有图像，没有声音，这班列车里的广播只是用来报站的。于是，在这条横贯北京的线路上，哑剧在每一天都会上千次地重演。

他们会毫不在乎地继续播放录像。它不会察觉我的凝视，也不会畏惧观众的漠然。间或地，屏幕信号出现中断，画面变得残缺。我偶然地想起近期读过的王炜的诗剧《韩非与李斯》。我记得自己在阅读中存有一个疑惑，剧本中设置了一个背景，"一幅整墙投影屏幕，时不时有电视无信号状态的雪花屏和噪音"，初读了全诗之后，我想知道这个电子屏幕作为道具，是否象征着什么？我曾为此去询问了作者本人，但他没有给我确定的回答。然而在此时，我突然理解了他的语境。

王炜为《韩非与李斯》的上演写了这样的宣传语："何为首都？何为同时代人？"这样的思索同样出现在他为陆帕的戏剧《伐木》所写的评论中。在这两个文本中，他或许触摸到了某个房间台灯的开关。那篇评论里写道："一个同时代人因为死亡成为我们惯性的一个暂时打断和干预者，不论她是乔安娜，还是马雁。……"我意识到，北京——是一座废墟，而王炜——经历过一场地震。

> "并不需要那么多才能。这也是
> 又一轮年轻人来到首都而诸公
> 并不感到嫉妒和害怕的原因。
> 为什么要嫉妒和害怕他们？
> 他们明天就会衰老。
> 持久的是政权而不是人。"[1]

今年年初，我在网上买了一本马雁诗集。我第一次知道她的名字，是在她去世之后不久；而来到北京之后，我数次听到关于她的故事和传闻。这本诗集里出现了她部分友人的名字，他们仍然全部生活在这个国家，我也见过其中的一些人。我明白，自己和马雁仍然分享着同一个时代。

---

[1] 引自王炜的诗剧《韩非和李斯》。

但这个时代终究在地震中被摇晃过；马雁之死作为一场友人们之间的"地震"，也许只是某种圆形涟漪边缘的一次余波。我们不妨抬起头来，看看我们的公共生活空间，几十年来沧海桑田式的巨大改变，也许并不亚于唐山和汶川的可怕震动。那两次地震把1949年之后的中国历史，分成了两个可见的阶段。按照约定俗成，1949年之后的任何中国写作者，都和我分享着同一个"当代"。这种划分方式虽然终究将被抛弃，但也是通往某种永恒的权宜之计。现在这个"当代"的开端，就伴随着传统秩序的撕裂。

那么，"当代"从什么时候开始了？想想这个词的字面含义：每一个曾经生活在世界上的人如果说出它，那么这个词就紧紧地附着在他的身体和灵魂周围；比如，策兰曾在镜子中间瞥见星期天。因此，时间的线性反而在这个词上消失了；另一种维度转而呈现出来，如同阿甘本所说："同时代是通过脱节或时代错误而附着于时代的那种联系。"

我可能在自己的一首诗《盐柱》里触碰到这个概念："当你回头探望的时候，你就凝固了，像罗得的妻子变成盐柱。……这个时代，紧紧地悬在绳索的末端，我们生活在这里，双脚踩着时间的最底层。"思想就是脚面与底层发生接触的过程，仿佛我们处在一个快速下降的封闭电梯里，我们脚下的那个横截面就是"当代"。而我必须追溯到卡夫卡，他在《猎人格拉胡斯》的结尾写道："我现在在这儿，除此一无所知，除此一无所能。我的小船没有舵，只能随着吹向死亡最底层的风行驶。"

肯定有某个你已经预感到的人，等待在时间的终点。我还记得自己初读王尔德童话《自私的巨人》时的感受，在读到巨人认出小男孩就是基督的时候，不由得流下眼泪。在易卜生的戏剧《培尔·金特》中，王尔德的小男孩又化身为一个铸纽扣的人——我们的灵魂等待着成为一颗纽扣。在漫长的时日里，基督和死神的面貌竟然变得混淆。基督教设定了最终的审判，这个终结正全神贯注地看着我们，并且使得历史像人一样终有一死。历史本来也是轮回状的，但基督教也许召唤出了它的进化。

诗人杨键在一次访谈中说："西方的 20 世纪已经完成了，我们的 20 世纪还没开始，许多清理工作还没开始，我们还在毁坏的恶果里。"显然，他并不承认现有的关于本国历史的解释，那种解释无意间承袭了西方启蒙时代以来的通俗历史观；按照它的看法，现在比过去好，未来将比现在更好。虽然现在的年轻人没有经历过中国的 20 世纪中叶，但如果翻看文学史，会发现那几乎是一块荒芜之地；而这并不是因为那时的作家没有才华。

　　"在一棵老梧桐树下飘来一阵炖草药的香味，

　　我知道，这是我的祖国。

　　夜里将会有人把药罐摔碎在路中央，

　　我知道，我的祖国将会从药罐里流出。"[2]

　　来到北京之后，我开始关注曾在这里生活过的作家。周作人和沈从文令我极为感兴趣，我认识到，他们写作的年代比 1950—70 年代更接近于今天。我分别去寻访过他们的故居，并且思考这样的问题：他们的生活在何种力量下，呈现出我们现在所看到的样子？

　　有一次，我在旅途上随身带了本鲁迅小说选。我随意地翻到了《孔乙己》和《药》，读完后不禁眼眶湿润。这是少年时期语文书上的课文，十几年后重读，我明白自己在时间中

---

[2] 引自杨键的诗《在东梁山远眺》。

初次理解了他。我重新把鲁迅当成我们当中最重要的作家之一，他的形象在我成年之后再次降临。他对日常生活的关注，时至今日仍然是有效的。

文学与政治是两回事。但是，两者却面临一个相同的问题。走在北京胡同边上的老街区，一些光从低矮的窗口倾斜出来，我有一种错觉，感到这种景象一百年来从未变过。假如我们回到那里呢？想一想回到故乡的迅哥儿，在辨认之后，发现眼前的闰土已经变得欢喜、凄凉而恭敬。我们之间已经隔了一层可悲的厚障壁。

"与其说德语是冰，汉语是炭，不如说
现在是冰，过去是炭，相煎于你的肺腑。

中国在变！我们全都在惨烈的迁徙中
视回忆为退化，视怀旧为绝症……"³

在朱朱悼念张枣的诗中，他同样说，过去与现在相互煎

———————————

³ 引自朱朱的诗《隐形人——悼张枣》。

熬。每一个年代像一条飘带，层层叠叠，几个醒目的年份将它们隔离开来，它们被"厚障壁"隔开。人们在年代之间迁徙的时候，冷漠的天使悄然调整了时间的惯性秩序。

事实上我们已经意识到了。在去年，诗人刘立杆为朱朱写了一篇精彩的评论《岬角》，在我看来，这篇文章像一张拍立得相片，笼罩了 1990 年代独有的色彩和光。在回忆了他们的青年时代和"夏日南京的屋顶"之后，刘立杆说，"我的疑惑仅仅是，在招魂术和想象力的篡改之间，历史和传统将以何种方式进入我们身处其中的巨变，进入一场'内在的流亡'？"这样的语调令人想起汉学家何伟为陈梦家写的文章，还有布罗茨基为他的童年而写的回忆；或许也因为，这几篇文章被我同时读到。对于这些写作者来说，修辞与语境根本无法剥离。

确实"中国在变"。这就像一个巨大而古旧的磨盘——我曾在外婆家见过，在二十年前的乡村——当我们稍微分心的时刻，它就开始转动。然而，这个磨盘同样也在循环。1940年代，沈从文先生已经敏锐地发现了"常"与"变"。在中篇小说《雪晴》里，沈从文勾勒了一个轮回，在十五年之间，母亲和女儿陷入了类似的处境。然而他们的命运已经有轻微的变化："巧秀已经逃走半个月，巧秀的妈颈悬石磨沉在溪口长潭中已十五年。"

变动简直从未停止过，轮回也总是在定时地显现。昔日的北大校长蒋梦麟，在回忆录里提到南京时说："国内每有重大战事，南京必定要遭一场浩劫，每经一次战祸，它的精华也就失去大半。战事结束，和平重临，南京又会在废墟上重建，恢复旧日的光辉。"在更早的一次朝代更迭中，我们的文学经典里留下了这样的句子："山松野草带花挑，猛抬头秣陵重到。……眼看他起朱楼，眼看他宴宾客，眼看他楼塌了。"我不得不告诫自己，这正是刘立杆的那座有着夏日屋顶的城市，这一切，正如另一位更加年轻的江南诗人叶丹所说的"花园变貌"：

> "我梦见变硬的麦芒刺破水泥来到
>
> 我们中间，像个亡人从灰烬之中站起。"[4]

叶丹知道，亡国的楚人仍然住在这个被水泥覆盖的花园里，或者说，直接地住在他的体内。在另一首为明朝人傅岩所

---

[4] 引自叶丹的诗《花园变貌记》。

写的诗中，他又写到，"我们的不幸在于历史总抄袭残酷的章节……你急切地冲入一朵来不及完成的雨滴中，那里正预演国王的葬礼"。这样的诗句可以用来对比年轻的曼德尔施塔姆，后者的那句"一切古已有之，一切又将重复，只有相认的瞬间才算甜蜜"，我们已经十分熟悉。叶丹瞻望的楚国和南明，正如摆在曼德尔施塔姆心中相同位置的小亚细亚城市特洛伊。

我不经意地再次陷入了文本之网。在这个世界上，那么多的心灵是可以互相理解的。成为同时代人，意味着从某个地方开始逐级堕落，或者艰难地提升。我们的文本被巨大的力量撕开了口子，事件涌入进来；但这样的事件也渐渐归顺于心灵的秩序。因此时间成为点状的事物，犹如水位降低的溪水中露出一块块石头。你踩踏着它们，可以便捷地去到对岸。我们需要去互相理解对方的语境。

米沃什在诗歌中说，"二十个世纪好像二十个日子"。而在夜间回家的路上，我模糊地想象，二十个世纪好像二十个站台。

2015 年 10 月 18 日初稿

2016 年 6 月 4 日定稿

更美的事物仍要以花为名

我曾在伯恩哈德的《声音模仿者》里读到，晚年哈姆生在养老院中沉默度日，直到死去，护理工为他的脸部拉上亚麻布床单。那是在 2008 年，我读到这个故事。（那么，某种意义上，哈姆生死于 2008 年。）我隐隐意识到，这或许不同于幼时，1990 年代，我在《世界五千年》中读到的另一个故事，另一位北欧大师，晚年的易卜生，站在自己的窗前眺望王家花园。后来，他被获准破例进入那座花园散步。

伯恩哈德的作品讽喻性十足，但我当时没有在意这个故事。尽管哈姆生是我幼时阅读并热爱的作家，（我读的作品是《维多利亚》和《牧羊神》，）可在那种年龄里，我根本不会去想作家本人会有怎样的生活，只是读到他所述的故事；这就够了。

我在幼时读了多少书？我想，我记得它们中的每一本。

或许那是我一生中最宽裕的时日。我和家人住在一个苍白的小镇上，每年过年，我都随父母回到祖父家。祖父的村居里也有一个书架，多是父亲和姑姑少年时的旧书。

我是一个早早醒来的孩子。但我仍然要装作一动不动，即便我的眼睛已经睁开好一会儿，盯着天花板上的暗纹。所以我很快就到了能够阅读哈姆生的年龄，就是前述的那两部作品。"我们的双眼总会在生命中发现，／更美的事物仍要以花为名。／哦，我对此颇为明瞭！"这是荷尔德林写过的诗。我对哈姆生所言的事物，同样十分明瞭。在《维多利亚》里，哈姆生讲过一对夫妇，妻子年老因容貌衰退而不安，丈夫为了表达自己的爱意，执意把硫酸泼到自己脸上。

我读到的那个哈姆生版本，是安徽文艺出版社1992年出版的《牧羊神》，列为"外国抒情小说选集"之第十一卷。里面还收有另一篇后来影响过我的小说，黑塞的《流浪者之歌》（通常译为《悉达多》）。哈姆生和黑塞——两位赋予我性格的作家。那时我与他们的作品一起待在家乡的晨雾里，那晨雾也围绕着远处可见的小山，在一个秋日的上学路上。现在，那原初性的雾气散去，我发现自己已经"是其所是"，是的，我已经能够用第三人称来指代自己。

那之后我才能够去观看世界。后来我继续读过很多书。2009年，精装本的哈姆生文集出版。2011年，又有一本哈姆生的传记出版。直到这时候，我才去了解他的生平。时间仍在推移。在这之后，我才会明白，伯恩哈德为什么那样轻描淡写地道出哈姆生的名字和晚境。那儿有一扇木门，懂得的人才能入内。

现在我可以散漫地谈论自己的经验了。就在前些日子，我在网上翻检周作人的资料。

"红卫兵们把他撵到狭小潮湿的洗澡间里，令其躺在地下木板上，只给玉米面粥充饥。他身穿黑布衣，上挂写着他名字的白布条，并且任凭人们在窗外观看和辱骂。后来，红卫兵们为了制造声势，扩大"战果"，又把其他"专政"对象也集合起来游街示众。游街时的周作人已无人色，脖子上挂着沉重的大牌子，更无力行走，只能跪在地上边呻吟边爬行……历经多次折磨的周作人，曾多次暗求家人给他安眠药，渴望尽快了此一生，但未能如愿。直至1967年5月6日他才算结束了一生。此时此刻无一人在其身边。"（引自江小蕙《八道湾11号和周作人的晚年》）

此即是生活，此即是文学。每个人在出生的时候，或许会隐隐意识到自己日后的悲哀。愿文学史家们去翻检周作人的出生时刻，那个时候命运——是否——"向他呈现了一朵叫玫瑰的花"。有一种世界观认为，时间中的"先"与"后"是幻觉，如博尔赫斯所思，开端与结束连接成为环形的废墟。

周作人和哈姆生有着相似的处境。他们被历史的涨潮之水淹过，但那水面恰恰只漫到眼部。他们还能够观看——

"可是已经太晚了，
——永恒正在试穿它的衣服。"[5]

可是我们为什么要在这里谈起永恒呢？在一次聚会上，我和朋友们喝起酒来，难道那里更合适谈论这个词吗？可是我在他们之间大声说："在座的诸位，谁也不能保证自己不会拥有一个周作人那样的晚年。"

我所想的是，周作人曾生活在这座城市中。我对他的兴趣并非来自他的文章，而在于他的生活，在这里生活一词需

---

[5] 引自作者的诗《"整部旧约只有一个主题……"》。

要加粗。我在南方见过榕树的根，它们在地面上铺开。在一次离开北京的旅行之前，我去了两处地方，一处是前门外的杨梅竹斜街，一处是银闸胡同，这是沈从文初到这里时栖身过的两个地名。

还有多少种晚年？那么多的晚年在等着你。从去年起，我即一直想去一趟银闸胡同，并希望那是一个冬日的下午，天空阴沉，街区里有煤的气息。（现在那儿还烧煤吗？）可是我的晚年之眼将看见的是另一个故事。我同一位认识不久的画家姑娘在北海边的文津街告别；然后默默回想着《彼得·卡门青》里的情节，毫无意识地继续往前走。迷蒙中有人在护城河边架着相机，那儿总是有人在拍照。那么，那晚月亮很亮，悬在水上，已是春末，但天还没有热起来。我望向河这边的低矮民居，光影中似有烟囱，那极像我家乡镇子上的景象。街道上的槐树间有浑浊的雾气；我抬头看墙边的路牌，明白自己走到了那个地方。需要拐个弯，走进那个巷子的深处。

我已经意识到，世上充满了"窄而霉小斋"。我看到零星的牵牛花藤。我被自己的生活牵引至此，像奥夫特尔丁根追寻蓝花。青年沈从文的生活像幻影围绕着我，但它就此开始膨胀；谁也不能保证自己不会坠入那个明净的深渊之中。

　　"但是那无名的、失名的事物，

　　诗人，你到底怎样呼唤？——我赞美。"[6]

　　那个画家姑娘迅速成为已失名的事物，像宇宙间的一张旧报纸被揉皱。为这样的生活，我或许得生一场大病。因为我转而在旅行中迅速认识了另一位南方姑娘；只是同样地，三个月后她也失名了。在回返北京的夜间火车上，我观看暗红色的窗口。我总是有机会静静看这样一些景物。

　　在旅行中的痛苦时分，我想起谷崎润一郎的小说情节。一位老者在夜间前往墓地，修行不净观，为了祛除自己对于女性的执念。我想到自己同样有一颗那样的衰老灵魂，会在夜间突然醒来；但是不知自己身在何处。

　　我第一次读谷崎的作品是在2008年，读的即是《春琴抄》。春琴在不幸毁容之后，佐助刺瞎了自己的眼睛。我隐隐回想起《维多利亚》里的故事，如聆听来自童年的微弱呼喊。从

---

[6] 引自里尔克的诗《啊，诗人，你说，你做什么》（冯至译）。

那时起我可能就准备好了再次听这个故事，像等待一次医疗电击。现在我去翻检年表：《春琴抄》写于 1933 年，而《维多利亚》写于 1898 年。

我对这些时间甚为敏感，尽管从中也得不到什么价值。但除非一个情况，就是祛除"不知身在何处"的感觉。昨晚我没有睡好，仅仅三个小时，但这也就够了。我从光熙门回来，带回来一大片交谈，还有一册小开本的《阴翳礼赞》。在西坝河边上，我抽了几支烟；而回到定福庄的住处时，沉重的雾霾突然降临、笼罩了整座城市。

> "你到家了，快去喝一口列宁格勒河岸边
>
> 那鱼肝油似的灯光吧。"[7]

从旅途中回来——或者只是从城里回来，快要走近住处时，我就想起这首诗。这不是我初次念出它；我是将它从南方带到北京的。可我没有把谷崎的书从那儿带过来；我在那些扉页上认真地签了名，但那个名字已经不认识我。

---

[7] 引自曼德尔施塔姆的诗《列宁格勒》（杨子译）。

我在家乡曾听闻一个传言，说人死后，其灵魂就不再认识亲人和朋友。也许是——"他们那儿的行事方式完全不同"。但我们生者仍然持有某种"安全保护证"。所以帕斯捷尔纳克才会早早开始撰写自传。我曾在另一处形容过：写作者将刚刚食用下的生活，立刻又呕吐出来。我能感到一片时间在身边盘旋。

我正准备一次搬家。但就在早晨，我听到窗外的冬日鸟鸣——我已经听了它两年。为了这一点可以触摸的、这实在的乐趣，我无法离开这里。很快即又到了晚上，邻居家有婴儿，每天晚上十二点入睡前都会大哭。我已习惯这隐隐的声音传来；我们的双眼总能在生活中发现。

> "几十年的忧愁
>
> 悬在空中，
>
> 瞪着我们的好时代。"[8]

我需要每天下午去胡同里散步。我想，假如某人住在这

8 引自作者的诗《悲伤》。

儿，头顶上有寒鸦飞过，这无异于居住在南方小镇。回到办公室，走廊昏暗，灯光昏黄，这些景象或许几十年间从未改变过。我仍然生活在父辈存在的那个时间里。

2014 年 10 月 28 日

在桥与门之间旅行

有时候，我们不能信任自己的时间感。比如，我总是觉得，自己对周作人的写作与生活感兴趣很久了。但翻检自己的笔记，这种兴趣仅仅开始于一年前。去年我的生活充满了变动。下半年，我从一次旅行回到北京，在那种情境下写了一篇散文，开篇谈到挪威作家哈姆生对自己少年时的影响。不知不觉地，我从哈姆生想到了周作人，他们两位有着相似的历史处境。那篇文章的末尾提到，自己正准备一次搬家；可是在那时我没有想到，这次搬家推迟了一年，更不会知道，一年之后，这次旅途的终点正是周作人先生。今年秋天我毫无知觉地搬到北京的西城来住，几天之后才发现，新的住处与从前的苦雨斋仅仅一街之隔。

"热带雨林将原色蝴蝶吞入万劫不复的时空"。当我想要说起人与事的时候，却首先想起村上春树的这个比喻。在某种压力下，我将会提笔，像赫尔岑和卡内蒂那样撰写回忆录。我手头也有一套夏天买来的《知堂回想录》，刚刚读完。

几天之前，我去德胜门字里行间书店参加一次活动，在那儿我不由自主地记起了周作人回忆录中的一个片段，他仔细描述二十年代的时候，自己从西直门出发去燕京大学上课的一条路线。"……行程如下：即十五分高亮桥，五分慈献寺，十分白祥庵南村，十分叶赫那拉氏坟，五分黄庄，十分海甸北篓斗桥到。"我毫无理由地喜欢这段话。

与之对比，有这样的诗："抚摸我走过的每一寸土地"。这是八年之前，我仍在青岛读书时写过的句子。现在我逐渐脱离了那种狂热的情绪；或者说，我克制了对抽象事物的热情，转而从具体的经验开始，去认识生活与真实。而再往前回溯，小时候我常常翻阅家里的旧地图册，我记住了所有的国家和它们的首都。地名是我所喜欢的东西。

我会越来越习惯于谈论自己的童年经验。布罗茨基在散文里，历数他幼时所着迷的那些物件，罐头、收音机、电影、明信片；而在我的那些地图册里，苏联还没有解体。我刚刚掩卷的另一本书，是《悲伤与理智》，我带着它去参加了一些聚会。仍然是在德胜门书店的那次，我在交谈中提起布罗茨基，他刚刚流亡到西方时，受到两位朋友的热情接待，并引他进入文学家庭。当时，我做了一个或许是不恰当的比喻：我把正在交谈的两位朋友陈家坪和李浩，比作我的奥登和斯彭德。

愿有朝一日我将抛弃所有的比喻。想想奥登的一首诗，"歌声不再来了：他不得不制造它。"我将逐渐不再热衷于谈论阿克梅派、德国浪漫派或者是京派。生活是一条有着确定终点的道路，我凝神观看那终极性的东西。在一本诗集的后记里，我引用了曼德尔施塔姆的句子"我们将死在透明的彼得堡"。事实上，我最初直接将它写成：我将死在透明的北京。但女友不允许我这么表达，我当然必须听她的。

布罗茨基的列宁格勒，仍然是阿赫玛托娃和曼德尔施塔姆的那一座吗？至少，我暗自希望与周作人成为邻居，无论在哪种时空里。但出现在我面前的是张杭、昆鸟、秦失、丝绒陨和钟放。我们第一次聚会，是在东四十条桥东的一家火锅店。那天秦失说我的长相像曼德尔施塔姆，我觉得很奇怪。这一切的时间顺序或许被我颠倒了。后来我很多次地经过那家店，因为在搬家和换工作之后，它恰好位于我的上班路上。我总是在傍晚的泥泞中，抬头看到它的红色灯笼。

钟放曾反复跟我说他的情史；虽然事实上，他那时只谈过一次恋爱。他尤其提到西直门，说这里是他的伤心地。但那时，我们都不认识李浩，钟放也还没有信仰基督教。而今，这么久之后，我才知道李浩也曾与西直门有缘，常常去西直门内的圣母圣衣堂做礼拜，他将这个经历写进了笔谈。

　　我将在其他地方继续把这些故事讲完。我们这些人，能够在北京相遇，完全只是因为诗歌，但北京的生活经验是复杂的。此刻我仍在冬夜的公交车上坐着，我不知道终点在哪里。

2015 年 12 月 12 日夜

文雅的歌尔德蒙

我做一次简短的自述。

我非常清楚，我是一个小诗人。小诗人的意思是，我站在自己立足的地面上，向前后看去都是一片雾气。对于我四周的一切，一直以来我都是一知半解。如果说童年时我曾对世界充满好奇，那么到了青年时代，好奇变成了犹疑和畏惧，虽然我不得不说，正是犹疑和畏惧让我开始写作。从童年进入青年，就像踏上一只急流上的小船。摇晃之后，它会慢慢平静下来吗？

至今，写作对我来说仍是酒神式的体验。我不知道自己的每一首诗是如何写出来的，如果重新提笔，它可能会呈现另一种样子。写作九年之后，我仍不懂得该如何去完成一首新的作品。我也想要写作小说；但那应该意味着我进入了某种日神模式，我的青年时期又从身上褪去。我预料自己某日会像诗人奥登那样脸上充满皱纹，那时我还能写出《奥夫特尔丁根》那样的作品吗？像诺瓦利斯那样写作，是我最近数年的幻想；而如果我是老年人，也许我能更加放松地使用文字，说出那本是不言自明的事物。

我幼时习惯于家人的庇护。至今，我仍自视为一个孩子。现在，我处身北京——这座巴比伦式的城市，虽然我在诗艺上受惠于曼德尔施塔姆和帕斯捷尔纳克，但我来自于一个叶赛宁式的世界。我的乡村经验，如海子所说，"今天的花楸树，使我健康、富足，拥有一生"。

昆鸟在初次读到我的诗作时说：这是朴素的小调子诗歌，嗓音低沉。他敏锐地抓住了重点。我知道自己是怎样一步步艰难地发出声音的。现在，我的身边有了一些诗人朋友，他们的音调都比我高。但我的一生，是一个缓慢的、艰难地、从某个虚无之地回归众人之间和历史之中的过程。我的工作是："试穿它的衣服"。——"它"是"永恒"。我要缓慢地、独自地走向某个青冢；我要留待晚年发声。

我出生在 1980 年代的中国内地，所受的教育，让我像一只被逐层贴上封条的箱子。我是一个过度被驯化的人，只有在旷野上重新度日十几年，才能找回血管里的另外一半气质。

上大学的时候，我在图书馆楼下买到一本《莫地里亚尼》传。我在莫迪身上找到了极度的自我认同感，时至今日，我的行事方式与他并不相同，但始终明白，自己是一个像莫迪那样骄傲的灵魂。用一位友人的说法，我是"一个文雅的歌尔德蒙"。

到现在为止，我的写作只关注了自己的生活，只面向自己抒情；或许这使我相似于早年的勃洛克，如友人张杭所说。无论掺入多少其他因素，我的诗始终只是一首简单的抒情诗。我同样关注公共生活，但那尚未成为我真正的问题意识。在诗里，我曾试图去"观察来自邻人的光"，但那终究只是词句中的幻想。然而在这里，我想引用诗人孙磊的一句诗："那光必使你抬头。"现在我抬起头。

我从十九岁开始做一个梦，这个梦持续到今天；诗歌之梦。而现在这个梦，指向我身边的人们。我们处在一个雾霾的时代，我们土地上还有很多深浅不一的裂痕。我想，首先我得让自己去关心周围人的生活。我受的市民教育让我封闭、冷漠（尽管那同样也庇护了我）。但我慢慢深入时日之中，像茶叶在热水中慢慢舒展开。文学作为社会启蒙，也是现在的我所怀抱的理想，虽然我的写作距此还相差甚远。对于激情，我要说忍耐；而对于冷漠，我要说行动。我生活在于忍耐与行动之间的一片开阔地，或者说，忍耐也是一种行动。而在这一切的背后，宇宙中的空虚也在窥伺我们。诸多箴言悬挂在空中："天地不仁，以万物为刍狗"；而"万物有本然，终不为他者"。

天上的星光一直照耀我们。我相信康德心中所存的道德之念，这让我更好地去认识人。

2014 年 12 月 3 日

大写的处境

当我想要回顾自己的诗歌生涯时，首先想起曼德尔施塔姆的这句诗："残忍又虚弱，你将回头凝视，／脸上挂着笨蛋的微笑；／一头从前那么敏捷的野兽／望着自己的脚印。"

最初，对我来说，写诗是一种私人性的自我救赎。后来，渐渐变成了一种敞开的日光下的见习。我的那些个人体验，已经直接地写在诗歌里，它们对我极其重要。但也许现在我可以讲一讲我的见习。

在 2005 年，我开始明白，自己要以文学为业。从那时开始，我大量地阅读外国文学作品。就我的阅读面而言，我所看到的翻译家们的语言，远远比本土作家们的语言优美。我曾武断地说，我要做一个自觉地以翻译体（外国文学的中文译文风格）写作的人。我在那些日子读了河北教育出版社的一整套外国诗歌丛书，还读了黑塞、卡夫卡、穆齐尔、尤瑟纳尔、科塔萨尔和卡尔维诺等人的小说。

那时，我读到本雅明对翻译的论述，"曾有一位哲学天才，他的特征就是渴望一种在译作中表达自己的语言"，他还说，"太初有言"，这"言"广阔无比，每一次翻译行为都是在对它进行永远不可能的完成（然而确是完成）。我想起邻国日本的经验，因为他们民族对中国和欧洲都曾有过狂热的学习。在谷崎润一郎的小说里，我读到20世纪初日本的一些日常场景，他们那时已经完完全全地在使用欧洲的生活方式，穿套装、去咖啡馆休闲。而在两千多年前，在亚历山大港或安条克，人们理所当然地成为一个希腊人或罗马人。

在卡瓦菲斯的一首诗里，罗马的人们在等待蛮族的入侵，最后却传来了野蛮人不来的消息。诗的结尾说，"而现在，没有了野蛮人我们会怎么样？他们，那些人，是一种解决办法。"在一个特定的历史环境下，你看到那种大写的（请原谅我还是用异国的表达方式，实际的情况是我只能加个引号）"处境"。卡瓦菲斯对这种场景的兴趣，正是我对"文化"的兴趣。庞贝古城被修复后的模型，就是我们的"普遍的"生活。这也是人们为什么要演习戏剧；有个轶闻，说一个女演员演完《茶花女》之后仍然沉浸在戏剧氛围之中，流泪不止；一个老太太安慰她说："好姑娘，你现在是在 1970 年代的日本！"

也可以说，我期待置身于群体中，我渴望和他人共有某个同样的观念。我写过这样的句子："假如你来自异乡，来到这里，睁开眼睛，你会惊异于我们土地上落日的霞光。"我会无意识地想，假如我是另一个人，走在街上，我所看到的将是什么；空气是一种奇妙的媒介，它呈现给我和别人的不一样。

渴望进入一种普世的文化，并不是为了弥合差异，它实是一种交流的本能。《曼德尔施塔姆诗选》的英文版序言，名为"对世界文化深怀眷恋的诗人"。我在曼德尔施塔姆的文论里明白了他的美学，我也想成为一个"眷恋世界文化"的写作者。

同样地，我同时也开始眷恋空间上的异域：历史。我的友人向我引用过这句话："过去犹如异邦。那儿的行事方式完全不同。"这是卡瓦菲斯的兴趣。与他相似的是法国诗人谢阁兰，我喜欢他的碑体诗，在这之前我从未用那种观看方式来看自己国家的历史。我终于要提到一位中国人了：沈从文。他的《雪晴》是我极其喜欢的作品，这本书清晰地揭示了，我们的生活是怎样的一种"过去与未来之间"。

我曾困扰于那些由个人体验带来的问题。"死亡是什么"，这是带我走进诗歌生活的问题，然而，在今天，它正在变形。

我是谁？我们都知道这是一个抽象的问题。但现在，我的回答是，人是他所行的事，是他的小小的历史，"是他社会关系的总和"，是某种旧有事物的流变。我终究发现，自己的个人精神，其实是一朵"公共的玫瑰"，它终于引导自己走向了外部。阿米亥曾索求一种"公共的遗忘"，如某种公共设施，你可以在广场的一角找到它。个人体验对我们每个人来说，永远是不可替代的，是"阿拉法"。只是，如果你成为一个及物的存在之时，你必须辨识出"俄梅戛"。

现在我知道，基督教的观点是，我们从"太初"来，到"末世"去。我截取这块巨大地毯上的一个小小方块下来，它就是普遍意义上的"诗"，即使我不存在于大家所共有的这个世界，我仍然可以带着它在宇宙之外旅行，像携带女友的一缕头发。我摆脱了二十五岁之前的厌世，写诗对我来说，成为一种在世界上、在人们中间拓印自己的行为。

本雅明所说的"翻译"概念，诞生于巴别塔之后的语言混乱。博尔赫斯和帕维奇说过类似的话，说世界是一部圣书投射下来的影像，我们命定对它进行修补和加增（只有基督才知道哪一天会完成）；赫西俄德和奥维德也提到黄金、白银、青铜、黑铁诸时代的更迭。东方似乎没有"末世"的概念，毕达哥拉斯的希腊也是如此，智者们认为永恒轮回、万物有灵，这是我同时相信的另一种宇宙观。

但"石头沉重，蛛网轻盈"。每日细微的生活，构成与那些虚无概念相对的充实，相生相成，我惊叹于这种对称。吃橘子的时候，每次我都会不厌其烦地撕去上面所有的橘络，这是多么地微妙。阿伦特曾提到，一个人的基本特征是"对于事物是其所是的惊讶"。

在世界之魅褪去的时代，这惊讶在逐渐减少。20世纪的作家，比如加缪，描述过这种每日乘坐电车去上班的经验，他说，对于这种生活我们总有一天会厌倦。但自然从来都在维持它隐秘的平衡，传统也在不断地调整它的坐姿。"用黑格尔的话说，它无非是主体心灵和世界秩序斗争、最后被纳入这个秩序的过程。"即使是加缪所感受到的那种"厌倦"，也成为一种变形的"惊讶"，或者说它们生自同一对父母。赫西俄德对他的兄弟说，"天狼星在生来就有痛苦的人类头顶上漫步，但它白天走的路程短，夜晚走的路程长。"而穆旦说，"在它们长久的秩序下／我只当一会小小的演员。"

回到自己写的每一首诗上来，我明白，自己幸运地是一个朴素的抒情者。我不再像刚刚习诗之初，幻想写一首解决世界本质问题、超越死亡的诗。我顺从了时间，它也对我变得柔和，像融化的冰块。我开始观看大写的处境。

我不再极端地强调"以翻译体写作"。同样地，我也知道"对异地的渴望"正是一种本地声音。只要你的诗触摸的是真实可及的东西，它就是能够依附在我们土地上的。本地声音是一种对于"我"和"本地"的理解力，"照'我'思索，能理解人"。

白话语文只有一百年的历史，而当代诗歌，又只有不到四十年的历史。我们若想写一首古诗，就会注意到前人所用词汇的惊人重复，可以想象，在历史的末端，每一句话都已经被可知的前人说过。19世纪的中国诗歌，已经在"等待野蛮人"，因为那是"一种解决办法"。尼采转述古希腊人的观点，认为历史是造物者的游戏，"就像一个孩子在海边堆积沙堆又毁坏沙堆"。我们在废墟上继承了古代的抒情诗，同时也在发明新的传统。我们的文学，"像一个孩子在夜里／抖出便鞋里的沙子"，现在，它又穿上了"屈原遗落在沙滩上的白鞋子"。

我有幸成为这个时代的一个诗歌写作者。我引用曼德尔施塔姆的一句诗来作为结束："我们的蜡烛在正午造出了黄昏。"

2014年2月28日

预言

哭无靶之箭，哭无晨之昏。

——洛尔迦

黄昏时，房间内是暗的。我从梦中醒来，我看到窗外，视线的尽头，小山的短襟之上，是蓝色和黄色的，同时带着白葡萄酒气息的天空。

我看到了一种愿望，"非人间"的愿望。我不能详尽地描述她，我知道她在人间是难以寻觅的。面对这饱满而沉淀的天空，每个人都会心生那直白的感情——一种崇高，一种上升，一种靠近天空上层的希望。我靠在床头上，突然想起了十七岁的夏天。那时，我喜欢一个女孩，像所有十七岁的男孩那样，脑海里除了爱情不会再想到别的。一天下午，我们坐在她家，打开播放机。我们听到一首叫做《天黑黑》的歌，那首曲子节奏缓慢的开头让我停住了。我仿佛看到了南方的沼泽，一片南方的光亮让我像一只动物幼崽般地抬起头，站起身来。我向南方大步跑去。

有时我回想，她家的南面有着什么？和所有的南方一样，迄今我所有的追寻，都在这一片寥廓而短视的陆地尽头停住了。我触到的是她柔软身体里一块短短的硬木板——也许形状就像鱼鸣嘴海边的界碑那样，远远地看过去只是一片南方的光芒，似乎可以穿越所有的下午和幼年时幻想过的地方；可踉踉跄跄地越过灌木丛之后，我反而停止了激动带来的哭泣。海是美丽的，陆地的尽头是美丽的。但是，人，他无法再往前徒步了。本质用了一道密不透风的墙把我们挡在外面，这必是一张比我们的皮肤还精细的网。

"在昔曾远游，直至东海隅。"我几近走到了世界的尽头。本质若隐若现，意义无处不在，它们并不浅显，却又并不艰深。坐在黑暗的房间里，我感到自己在膨胀，扩散，像夜晚的雨一样漂浮。晚上睡觉时我经常做梦，它们是奇妙的提炼和朦胧。我梦到了白天走过的路，却又在天上铺开，这里的一切与地面上的世界精致地对立着。我梦到了同样的无处可去的悲怆，站在高楼上远远地审视着黄岛的红色沙滩，那一片散发着提示和本质的气息，我是多么地渴望去到那里啊，可是到了那里又能怎样呢？钻地三尺？阮籍猖狂，岂效穷途之哭？

无处可去啊，无处可去。我翻过屋子北边的小山，去黑暗的水库堤坝上抽烟。月亮升起来了，升起在美妙的朦胧和黑暗之间。一辆小货车行驶在环山路上，用它的灯光打扫树林和天空。沉浸，赞叹，多么宁静的世界。我已经了解世界本质的空虚特质，可我仍然同它握手。晚上八点的时候，我会走进人群，吃完晚饭后，事情还是有章可循的。走在日益更新的黑夜里，我深深地感到自己在本质里游泳。本质般的天空很清冷，我深切地感到自己的自由。

事物的发展道路在引诱着我，追寻的最终是了无可寻。我是如此地着迷于意义，如同陷入了一个迷宫，难道我还要去思索如何从思索中解脱出来？从幼时起我就一直等待着奇迹的出现，现在我的希望仍然没有泯灭。我在西方典籍看到了"信仰"。我也觉得，在它之外，存在着更远的地方。只是，我还不知道自己将如何踏上那片土地。

小的时候读《一千零一夜》，其中的一个故事给我留下了奇异的印象，它的核心是那扇被告诫不能打开的门。这个故事如同预言一般，触及了未来和真相。俄罗斯女诗人娜·苔菲有一首诗，先是描述了故乡岛屿，描写了景色和一扇美丽的门，最后总结："我从来都打不开这扇大门！"远离故乡的女诗人表现的是乡愁和无力，而我站在她身后看到了另一种可能性："但我从来都不打开这扇大门！"真相，就是在月光之下走过花楸树。像那些消失在历史上的兴致勃勃的预言家们那样，有一天，我也会骑着小煤桶消失在南方。

2008 年 10 月 23 日

星期一纪事

　　我能揣想她早上穿过公园去坐车时的境况，因为几个小时后我也是按照相同的方式出门。早上六点未到她临出门前站在阳台上对我说："下雨了，我得带伞出去。"我那时大约还有七分睡意，我注意到天色已亮，屋子里抹上了窗外水汽的颜色。我还记得几分钟后她刚出门一会儿后又回来敲门："我忘了带眼镜了。"

　　厨房对着过道，厨房的排烟口对着过道。下午三点我回到住处，过道里有收音机声音。我的生活，我常常想，只要我能写出它，就一定能知道自己是谁，从哪里来、到哪里去。当然，事实是，我已经七个月没动过笔了。不过我没有为此焦虑，我知道自己的笔放在哪儿，它花上了七个月的时间来灌满墨水。我没有为此焦虑，我仍然常常想"我的生活，我常常想，只要我能写出它……"然后眼下我们便搬到了这个新的住处。

曼德尔施塔姆说："我住在楼梯间里，嘈杂的门铃／撞击我的太阳穴……"这令我想起，我们的新住处嵌在一座灰绿色的旧楼上，窗口正对着苏州河。昨天晚上熄灯之后，河水的波光进入窗口，映在天花板上。我记得童年也是会发光的，就像这水光一样。我已换过很多次住处，对于床铺我已渐渐失去了敏感。昨天晚上我们很疲惫——至少她显然如此，她没有与我拥抱的力气。而我那时在努力克服来自发光的童年的一点点不情愿，迫使自己入睡。

今天早上我九点后才起床。我到阳台去打开窗子，看外面是否依然有雨。似乎有，但这又无关紧要。我没有雨伞，照样还是得出门。三月二十一日，我想，一个湿润的日期。雨滴的氛围笼罩着生活，朦朦胧胧，一切都变得可以被理解。

苏州河就像一条围巾，挂在我们的窗外。这条围巾一直飘到外滩，并且在那里用一座小铁桥做了个记号。在初到这个城市时，那座铁桥曾被我不经意地瞥见。有时，你会在事后惊异于自己对于事物的最初印象，尽管当时你更多地感到的是茫然的漫不经心。后来，铁桥从空无变得具体，而今天，在脑海里，我调准了焦距，永远不会忘记这个地标。

离那座铁桥不远的福州路，有两家打折书店。刚到这座城市的时候，我曾每周去那里闲逛。一段时间里，我陆陆续续从那里买了很多书，却读得很少。后来，我为了控制这种不好的习惯，便去得少了。

从那里，我曾沿着邻近的南京路一直步行向西。走了一段时间，到达静安寺，愚园路便与南京路仅有一街之隔。我会踏上满是旧式房屋的窄窄的愚园路，经过一段莫名地变宽后又安静地变窄的马路，经过一座纪念雕塑。再经过一所小学和它对面的面包店，我便会走到一座公园的门前。

眼下，这座公园就在我的楼下。只是，我们的住处对着公园的北门，在这里，如果要出门坐车，我们必须首先穿过公园，从北门走到南门，走到那边的地铁站。是的，今天早上，她就是这样出门去上班的。

她一个星期只上一次班。为了集中时间，她把自己所有的课程都排在星期一。

我们昨天下午搬到这里。因为我们之前的住处，租期终于结束了。我们把所有的日常用品打包，分两次运到了这里。

昨天我们忙碌了一整天，与房东、中介交涉，打扫房间、擦拭灰尘。我们把大量的书籍堆积在桌上，没有书架，它们像是一群排列在锅里的生煎包，如我曾在生煎馆的窗口里所见过的那样。

昨天还是晴天。今天，三月二十一日，我看到楼下树是绿色的，同时又是灰色的，我不确定外面是否有雨。无论如何，上午九点过后，我想要出门，这是我的生活方式。我平整好身上的衣服。黑暗的过道，有声控电灯。

在这座城市里，我一直没有工作，尽管我已经在这里待了七个月。工作就像一柄雨伞，在七个月里，我的天空一直没有下雨。说话之间，我走到了公园门口，我感受到扎在皮肤上的雨雾颗粒。我买了一份体育报纸，并抬眼看到公园里翠绿的棕榈树丛，它们挺拔而清新。

以前，在那个北方城市，我就已经开始喜欢散步、去书店。"但我在街上走的时候，我常常觉得好像是在一个大图书馆里散步。房子就像是书架，每一层楼就好像放着书的格子……"那时我熟读安徒生的《牙痛姑妈》。"我也许是所有在场的读书者当中衣衫最最褴褛的一个，而且是个外国人，可是——我拥有一位诗人！"那时我也读过里尔克的《马尔特手记》。

关于我的生活，我知道，我们对它都有很多想法。在刚认识她的时候，我曾对她说，我的每一段生活，都是一次文本实验。像安徒生一样——走在街上的时候，我感到自己在阅读小说。"我把大段大段的开头想象成小区外面拾级而上的石阶，而叙述的气息则形成在药房的大厅里……"我知道，这部小说的作者并不是我。我的身体和灵魂都可笑地适应了我国的法律：使用权归我，所有权——属于那个模糊难辨的上帝。

今天上午，我又独自一人。我的笔尖跟随上帝的指示，对准了自己。我已经想好主意，去福州路逛书店。

其实我知道，昨天晚上她的情绪不太好。对于新住处，我的新鲜感仍未散去，但她的情况不是这样。因为这里狭窄而陈旧，整套房间只有一扇朝东的窗口。我住过很多简陋的房间，这里对我来说没有任何问题。可是她却开始了她的某种新生活，显然，她从安稳的家庭生活中走出来，走了一级向下的台阶。"最初的痛苦"，我想起卡夫卡的短文《最初的痛苦》。

但她没有表露出来，只是说自己累了。我明白她的状况，我也无法控制自己的忧心忡忡。后来，"童年"这两个字弥漫在我昨夜的梦中。我没有办法为她做什么，我知道，我的童年是无法为她提供庇护的。

她经常记下自己的梦境。她说，她的梦是有色彩的，而梦境中的色彩显示着焦虑。我没有注意自己的梦境里是否有色彩，或许是没有的，因为它——如果有的话——从未被注意。我所能注意到的是梦境的场所，它们总是我所到过的一些地方。中国地图、世界地图——装在我的脑海里，我从小熟稔于它们，这确保我在梦境中也知道自己在什么地方，不会轻易走失。开玩笑时，我总向她吹嘘自己认路的本事，说自己总是不会忘记走过的路。在梦境中——当然也是这样。可是，有一条路在地图上是难以辨认出来的，那便是归乡之路。

因为，对我而言，家乡——是时间性的存在。"家乡不在空间里，家乡在时间里"，我曾做出了这样的判断。怀乡病，这个古老的词语，落在自己身上时——那是在几年之前——我感到了尘土气味。后来，在成熟之后自省的时候，我知道，怀乡病已经成为我的第二层皮肤。于是那时，我回到家乡，我发现那里空空荡荡。"就这样，我的家乡无法／保护我，那最能干的侦探——／来回搜遍了整个灵魂！／根本找不到与生俱来的胎记！"茨维塔耶娃说。确实，有一年秋天，我一直与父母住在一起，无缘无故地，我无法开口对他们说："我想回家——"几次我坐在餐桌边上都咽回了这句话，我知道，他们或许能明白我的意思，却提供不了任何帮助。

我想，在我成年之后，我的父母已经不再是童年时的父母，现在，我和他们生活在同一维度。二元的父母概念转换了，指向天空和大地，也可以说是过去和未来——当然，更有可能是上帝和圣母。"他觉得唯有上帝具有爱他的能力。"里尔克说，"然而，上帝还不愿意爱他。"

"夜来幽梦忽还乡。"我注意到古人话语的现代性。昨夜，我在梦里回到了家乡，在童年的街道上，正午的太阳穿透悬铃木的枝叶。阴影和光斑在马路上游弋，我注视着它们，犹如此刻的我注视着自己的梦。

是的，发光的童年……她也知道这些。她曾对我说，她小时候生活过的那片街区，已经被拆除了，现在，那里只有一些她不认识的新房子。也就是说，如果她在一次噩梦中被惊醒，需要趁着夜色去车站的车次栏寻找目的地的时候，那时她是无法找到一个熟悉而烦躁的名词的。

　　"你说，你懂做梦吗？"罗伯特·瓦尔泽在他的小说里问询。这位作家传达了什么意思呢？他是真的想要说点什么吗？让莎士比亚回答他吧——尽管他们俩的对答听起来是那么地怪异——"我们的本质也如梦一般。"

　　在我的设想中，提问和回答都消失了。真实与虚幻，并不值得我们去甄辨。说到底，家乡对我到底有什么意义呢？有一次，在书堆里我找到了一段文字："诺斯替……让他回归到他的光明的故乡中去……"之后，我继续读着那本书，困倦之时，我沉沉地睡去。那一次我又做梦了，我梦到自己的书桌在漂浮，没有前，没有后，没有上，没有下，没有肯定，没有否定。我的结论是——让我紧紧抱住自己的梦境，抱住它，抱住它在家乡生儿育女。——而那是诗人海子的句式，在某处的海滩上，我不停地拾捡着智者们的絮语。像踩入了泥潭似的——我陷入了轮回。

　　"已有之事，后必再有，已行之事，后必再行。"有一天晚上，我大声地向她念出这句话。她回答说，但人总是具有开端启新的能力。

这个世界也曾经有过开端吗？如果有开端，那就一定有终结。"关于《启示录》的国际会议也举行了"，我在伊凡·克里玛的小说里读到这条过时的讯息，我想，这是永远的人间常态。不断地开始，不断地结束，也许，为我带来轮回之感的是我的基因，那儿储存着我的祖先的记忆。我做着他们做过的梦，重复着他们说过的话。难怪一位当代诗人要说"那儿，／那儿，时代总是重复这样的絮语"，或者是本雅明的结论，"……这场风暴就是我们所称的进步。"

"我做着他们做过的梦"——我又顺口回到了梦这个词语。她告诉我，荣格做过一个"提灯夜行者"的梦，而它又有着神话历史中的原型。她还说，一切文本都已相互约定，指向共同的某处。确实是这样，走在深黑的大雾里，我深深地感到自己需要一盏灯。沈从文说："这些携灯夜行者，那么显得匆忙。"

在文本之网中，思想家的夜灯传递到了洛尔迦这儿。"犹如一幅地图，然而不可能，／那不可能的花园，／每一秒／它都被加深和更新。"顺着我们的逻辑，他在这几行诗里谈到了世界的普遍规律，但我更看重的是他为我的这段引语之网缝上了最后一针，因为我知道，他提到的那幅地图正是我的梦之地图。

　　思想自有其规律，此一时，彼一时。家乡的需要，梦的意义，甚至是永生的渴望（我还未提及），现在，全都被暂时地消解了。最近几个月，我和她形影不离，逛街、吃饭、吵架、睡觉。我懒散地想起毕希纳笔下的丹东："真是无聊极了，总是要先穿衬衫，再往上面穿裤子，夜里上床，早晨再从床上爬起来，先迈一只脚，再迈第二只脚……"我浸泡在生活中，像是浸泡在惬意的福尔马林里——未来的我将会看清楚这一点。

　　同样是毕希纳的言论，"我在和死亡调情，从那么远的地方用长柄眼镜向它送媚眼，这倒是一件十分惬意的事情。"我想起死亡，同时也想起它的反面。孔子的调情方式略有不同，"未知生，焉知死？"里尔克也抓住了辩证的支点，"你低声说死，高声说生……"

　　我还想起宇宙的形态，人们曾将它绘制在我的学校课本上。曼德尔施塔姆说它像一只黑色的大理石牡蛎；在我看来，它的外形或许相似于达利画笔下的钟表。或许宇宙也是一只懒散的怪物，它懒于思索，随意地将空间与时间归于同一种尺度。

家乡不在空间里，家乡在时间里。当然，是这样，对于认识世界的人们来说，有的人兴趣在空间，有的人兴趣在时间。这么说来，我属于后者——否则我无法完成我的作品，而只能做一个分成两半的疯子。"不要追踪海子的脚步，要像博尔赫斯那样——迷宫里的盲诗人，固执地询问自我。"她曾在信里这样对我说。那时，我则对她说，"今天我在记事本里做了个标记，我假定我和时间的关系解除了。"

后来呢？后来，我看到本雅明提到，"在革命的第一个夜晚，巴黎好几个地方的钟楼同时遭到射击。"我在历史上找到了同行，只是他们想必也没有成功。

现在，住在城市一隅，我懒散地生活。我和时间的关系仍在这里，谁知道当时我只是随口说说而已？她曾摘抄过一句诗："我是积聚大风 / 骑牛猎兔的阿尔诺 / 我逆流而上"。我将它引为己用，因为我知道自己终要逆流而上——人们总是把时间比喻成河水。"我们一定要返回故乡……"我又在书本里找到谶语了，这一次它来自于诺瓦利斯。

上午十点。我穿过潮湿的公园，从北门走到南门。时间浮起，但那是不准确的。我仿佛在公园的上空走动，而这条道路已然进入了永恒。两天的永恒。

——似乎过了很久了，但那也不过是两天前的事情。上个星期，我们在一次散步中来到这里。那是在入夜之后，我们刚刚吵了一次架，随后又和好了；我们坐了很远的公交车，到了一个陌生的街区。我们一下子被这里吸引住了，谁知道，我们当时竟也真的在寻找新的住处。

坐上地铁，四站车程，之后，我在福州路下车。

前些日子，在搬家之前，我们已经连续两个周末前去福州路。第一个周末，我们买完书后在来福士广场休息，并且在那儿吃了晚饭。那天也在下雨，一大群人站在屋檐下避雨，我们假装对此全无察觉，内心实则暗暗兴奋。"谁不曾有过从地铁里走出来……而大吃一惊的时候呢。"须知，来福士广场正是我们地铁站的出口。第二个星期，当我们走上地面之后，雨仍然在下，人们稀稀落落地撑开了五颜六色的雨伞，我们从来福士北侧的汉口路走过，看到排成一长列严阵以待的警车。

"在革命的第一个夜晚"，我将去修饰那只猫头鹰的眼睛。"向你致敬，我远古的谵妄"，彼时我正想起兰波的一个句子，和她一起站在黄河路候车亭的那个特定角度看到美术馆的钟楼。这并不新鲜，聪慧的阿Q就曾躺在祠堂里幻想革命果实。向你致敬，鲁迅；随后，——我又想起听过的一句歌词，向你致敬，中国人的惰性。

两个星期之后，一切已经烟消云散了。两个星期里我每日上网关注事情的进展。然而就在几天之内，日本的地震和海啸吸引走了全世界的注意。我眼睁睁地在电视直播上看到，海啸的波浪如何卷走一片民居，而轮船和大桥一同被毁坏。我想起烟消云散的一些方式，我们这儿的公共事件，可能也选择了灾区大桥和民居的那一种。

这幅画面，我在哪里见过吗？永恒摆出了它的取景框。它随意地取走它所需要的东西——仅仅用一个取景框，就如拓印模型一般——取走事物的灵魂。

所有的消逝都指向原初。我们会在起始的地方重新团聚。每个人都要面临最后的审判，每一样事物都要从死亡中再度复活。

让这里的雨势变得更大一些，让我只好快步而行，向南走到福州路。我要去的几家书店就在那儿。写作就像乘着木筏顺流而下，我信步走入书店。

生活是一本小说。我的这句话是想说明，我对我的小说也并无把握；我并不知道它会导向什么样的结局。难道这是一个寓言吗？我在书店里看到了卡夫卡文集，顺手翻到了被我提及的那篇故事。

《初次痛苦》。"如果这些念头开始折磨他，它们会有朝一日完全消失吗？它们难道不会变得越发强烈吗？它们对空中飞人的生存不会构成威胁吗？就像看到他现在停止哭泣，表面平静的睡眠一样，经理确信将会看到，最初的皱纹已经开始在空中飞人孩子般光滑的额头上烙下印记。"

这是一段关于开端的箴言。开端决定着终结。我触摸着她的忧愁，她就要与我密不可分了，她的忧愁与我的作品密不可分。

2011 年 3 月 21 日

第二辑

钟放的忧郁

　　画家德·斯塔埃尔曾经热衷于做这件事情：夜间他开着自己的汽车，在公路上高速逆向行驶。另一位画家培根，在自己的访谈录里特意提到这件轶事，并且评论说，德·斯塔埃尔是在玩俄罗斯轮盘的游戏。德·斯塔埃尔也像尤利西斯，把自己绑在桅杆上，听凭"可能性"在他的头上唱歌。

　　我的朋友钟放，夜间在三环路上行车。我坐在副驾驶座上，想起德·斯塔埃尔的这个故事。钟放，这个年轻的诗歌写作者，向我滔滔不绝地宣示自己的生活态度。他说，他已经看清自己可悲的命运，明白等待着自己的未来是什么样的。生活对他来说是无望的，他援引一些经典诗人（比如波德莱尔）的观点，并作为自己的信条。当然，他还随口背诵波德莱尔的某一首诗。言谈间，他忘记了在应该转折的一个路口拐弯。于是我提醒他在下一个路口掉头，我们绕了一些道，再继续行驶。

钟放还喜欢普鲁斯特。我和他第一次见面时，共同话题便是这位法国作家。我说起《驳圣伯夫》里的一个细节：普鲁斯特从费加罗报上看到风暴的新闻，急切地心生去到海边的念头。他觉得心有戚戚，并且说自己正在读的是七卷本的《追忆似水年华》。他说自己和普鲁斯特一样，喜欢在睡前喝一杯热巧克力。

作为同龄人，我们迅速地熟悉起来。也许我们这一代人有着某种共性，虽然我们还无法确定它是什么。我们像是大病初愈，刚刚从昏睡中醒来。如果引用曼德尔施塔姆的话来说，那是"一场劳作后躺在书房沙发上做的沉沉的梦"。

我和钟放曾结伴去访问甜水园的一个书店。在那里，他向我指点这片街区，说这是他小时候住过的地方。但现在，因为改造和拆迁，儿时的一点痕迹也没有留下。他的姥爷家也曾在那里，很久以前，街对面有一个小土坡，钟放和伙伴们在那儿玩耍。这些全部都消失了；他的姥爷也在几年前去世了。

但痕迹也许还留在他的诗里。在谈及一块旧表时，钟放说，"据说当年这表一百二十块钱／而姥爷一个月工资只有八十元"。而每一个细微的物件，都是一张生活的入场券。也如木心的诗，"从前的锁也好看／钥匙精美有样子／你锁了人家就懂了"。钟放曾对我简单地说过他的家族史，他们几代人一直都生活在这个城市里。他们的众多眼睛观察过这个城市；色素在北京的躯体上沉淀，如本雅明的柏林，和曼德尔施塔姆的彼得堡。

而我们这一代的写作者，将会如何辨认自己呢？或者说，如果要描述钟放，说出他是谁，我们该想到哪些细节呢？虽然我们难以避免是无法被确定的某种事物。——但这样的一位钟放，二十五岁，一位狂热的诗歌爱好者，出版过两本自印诗集。在朋友们之间，我们即使无法准确地描述，也能清晰地在脑海里浮现出他的形象：那就是他。辛波斯卡曾这样自述："阅读雅斯贝斯和妇女杂志。／不知道螺丝是做什么用的，却打算建一座桥。"

钟放想要建造一座桥。他幻想自己编辑的诗歌民刊进入诗歌史。他向我津津乐道八十年代刊物的状况。他的书架上摆满了各个书店买来的诗选。他与散落在北京城里一些角落里的年轻诗人们来往，其中的大多数非常优秀。然而，直到现在，在他心智的某个方面，钟放仍然还是个孩子。他的窗台上摆着动漫模型。他发起脾气来像个自闭的少年，当然这种时刻很少。他喜欢心血来潮，老是丢三落四。他像普鲁斯特一样依赖于女性和年长者的照顾。

这一代人"从劳作的梦中走出来"；那劳作是前辈们的生活。前辈的锁比现在的好看，而我们到了二十五岁却仍然是孩子。他们刚刚认识到身后的一片空虚，像蒙塔莱在一个清晨的感受，"带着醉汉的惊骇"。他们将把自己的生命铺展开，并且延伸到出生以前的经验之流里。上帝将气息吹进他们的鼻孔。

但在出生前的空无中，我们依然存在着，以卢克莱修所言的原子的形式。古代人觉得，这个世界的本质永不增多，永不减少。前辈的生活成为集体潜意识。我们会认出自己，作为一个古老的梦。我们最终会接受历史的规训，融入无形的观念。但现在，钟放认出自己的方式是这样的："午夜就这样到来，钟／放下一张凶残的脸／我无法给你身体，胳膊，大腿"。

金斯堡曾惊叹于他们时代里美国青年的生活。我不知道两千万人口的北京，每天会发生多少奇异的故事。我只看见钟放和他圈子里的朋友们，一面写诗，一面各自做着不同的事情。在夜间开车的时候，钟放不光谈论诗歌，同时也吐露自己对人生的失望，希望自己的生命有一次剧烈的终结。

钟放最喜欢的朋友是昆鸟，一位出色的诗人。在从事出版工作的时候，昆鸟策划过一套外国诗歌译丛，其中有一本佩索阿诗选，在出版后遇到了一些麻烦。钟放相继跑到几家书店，买走了书架上所有的佩索阿诗选，然后分发给身边的朋友，他以这种方式这样来表达自己对昆鸟和佩索阿的双重喜爱。于是钟放能够随时大声背诵出这段《烟草店》中的诗句：

"我在梦中的所思所为，比拿破仑所做的还要多。

我对我假想的胸脯注入的人性，比基督注入的还要多。

我秘密地发明的哲学，就连康德也从未著述过。

可我是，或许将永远是，小阁楼里的人……"（韦白译）

听着这些词语的时候我觉得，我们的思想并非是对波德莱尔或佩索阿的模仿，而实是我们的本性。或者说，曾经组成了波德莱尔和佩索阿的原子，现在又聚合在了钟放和朋友们的身上。

又一次，在聊天中，他再度向我宣扬关于黑暗和死亡的信条。但是我认为，诗歌以及它的痛苦不应成为我们生活的标签。你无法带着二分法去生活，生活并不是只有黑白两种颜色，我们无法永远锁闭在阁楼之中。即便是佩索阿的这首诗，它仍然是带着一丝反讽意味的。

然而，在言谈中，我逐渐发现自己很难说服他。因为钟放是诚实的，他只是说出了他所看见的东西。对我来说，波德莱尔式的"忧郁"是精神性的，我或多或少地虚构过自己的痛苦；但对于钟放，忧郁是物质性的、可以触摸的，像自己身上的一个器官。我仍然想起钟放生于1989年，二十多年一直生活在北京这座巨大的城市里。他所能拥有的传统生活经验，可能微乎其微。他和他的同伴们直接撞上了死亡、黑暗、颓废这些概念，它们像麦当劳里可以买到的汉堡。你无法阻止画家德·斯塔埃尔的自杀。

中国的秩序在摇晃，在三十年里，生活的形式已经改变了很多次。祖辈和父辈的经验看起来已经贬值了，我们晚间的反省只刚刚够下一个白昼所用。我们的生存背景是浑浊的，像特兰斯特罗默所说，"彼得堡和毁灭处于同一纬度"。而钟放复述出来的是，"我形单影只／闯不进公共黑暗"。

北京的胡同里仍然有着宁静的生活，孩子们仍然日复一日在那儿追逐、嬉戏。我们这一代人并没有长大，却又像阿米亥所说，"一个老去的童年，／那就是我的成熟。"钟放并不是一只波德莱尔式的信天翁，然而，很有可能，历史将向他派发一份小小的豁免权；他的诗歌文本终究是一份真实的档案。

米沃什说，"在我的同龄人中，有许多人使我肃然起敬……不管你生活在什么地方，只要你是在用波兰语写作，你就跟一部集体作品发生了关联。"这也正是钟放和他朋友们的处境；我们大家都是盲人，一同触摸着中国这只巨型的大象。钟放的忧郁是一种公共忧郁。

2014 年 4 月 28 日

天通苑的穆旦

席勒曾经对求学时期的荷尔德林说："抛开这些哲学材料吧，它们毫无益处。……多接近一下感性世界，那样您才不会有太大的、在极度热忱中失去理性的危险。"席勒所说的，是我们已经十分明了的"理性"与"感性"的对立。在沟壑的两边，哲学家和诗人相视而笑。

但是，荷尔德林们在今天是否还需要这样的劝诫呢？理性与感性总是同时存在于你的身上。理性的诗人已经不再罕见，他们会让老柏拉图收回自己的判断。我记得华莱士·史蒂文斯的一件轶事，说他坐在办公室里，每当有客人来访，他只能把自己的作品稿纸收进抽屉；这位沉思的诗人从没忘记自己的社会角色是银行经理。

现在我们来认识诗人张杭。当我们与张杭走在一起的时候，我想起黑塞的《纳尔齐斯与哥尔德蒙》。在几个写诗的朋友之间，其他几个人都像歌尔德蒙，只有张杭像纳尔齐斯。

张杭是水瓶座的诗人。理性不是瓶中之水，而是玻璃容器外部的线条。张杭的思维方式便是他的秩序，就像容器为水规定了形状，假如我们认为诗歌和水有着相同之处的话。不管他想要在诗里说什么，最终我们说的都是自己的"方式"，而非"思想"。因为我们的思想往往来源于同一个东西，它或许存在于天空的顶部，当我们言说终极之物的时候。

张杭了解自己的创作过程。并非所有的诗人都知道自己作品的源头，尽管他可能非常优秀。柏拉图曾经让伊翁承认，诗人是神的传声工具。张杭不是柏拉图所言的那种诗人，相反，他可能是"柏拉图式"的诗人。张杭为自己的豆瓣小站选了一张图像，它让我想起旋转着的"理型"，柏拉图意谓的世界之内核。而当我看到他的诗歌的时候，我更意识到，理型就是他的案头的灯光。他的作品已经结集为《即兴集和故事集》，我们看到他的两个关键词。即兴和故事，他似乎将这两个词语对立起来使用。

来看看他集子中的《海马》：

海马

我的星座倒在手掌上，通过一个函数

我的掌纹射向我的全部时间，通过另一个

我的一生埋在脸的骨骼里，通过一个函数

我的脸拉伸为双腿，通过另一个

我的双腿走着，在空气中铣出一生的形状

一个不交叉的 x 得到一个不返回的 y，

通过一个新的函数。

所有的函数是一个事物的无数变形

它不再会是函数，不能写作 f

暂且让我想象它是一只海马，

很柔软，变动着，向所有的维

洒下光辉，牵引我的灵魂

我的笔迹、我的生辰、我的音乐

它不在我身边，不在睡梦，不在

鬼魂的世界，也不在与我们平行的

另一个世界：那里只有另一个我

用另外的物质，折射一段光谱。

我活着，它不以时间活着

但我能感觉到它；当我不再能够感觉

它已不在，任何人再也不能找到

　　旋转着的理型——他说那是他自己的星盘，当我向他问起小站图标的时候。张杭的理性思维也体现于他对星相学的兴趣。这是古希腊人的学问，而我们这些东方人刚刚意识到金星是维纳斯，火星是玛尔斯。古人早就明白，星空的秩序远远长久于我们地面上的事务。理型在旋转，星空也在旋转，它们是同一的，相会于人的心灵秩序。或者说，"我的星座倒在手掌上"。

　　在那首诗的开头，张杭试图用某种函数来确定自己的存在。让讨厌数学的读者们对他撇嘴吧，但我心里却想着帕斯卡尔或者莱布尼茨，他们在数学的尽头认识了上帝。而张杭呢？他以其当代心灵看见了一只海马。他揽镜自照，看见了一个普遍的"自己"的形象，让我们再念一下这首诗的最后几行，他用理性的语言求证出了那微妙的心灵经验。

　　德尔斐的箴言高悬着，"认识你自己"。这可以被辨认为张杭的写作动机，而他自己有一个更加清晰的概念，即"自传诗"。《海马》是他的"故事"，所有的故事都是他的自传。而"自己"的是"普遍"的。我被他的一首自传诗吸引。

朝向眼睛

我曾感到，家人的眼睛无处不在

我一个人蹲在地上玩儿拼插的时候

不觉得孤单，也不觉得他们走了

就把我抛开；他们仍在看着我

就像我不觉得墙是实的，也感觉不到

移动所变换的空间；眼睛嵌在哪里？

我不会这么问。一切就像在一个

父亲和母亲意识熔成的太空舱

因此我不知道孤独，不知道自己的快乐

与跟他们在一起的快乐有什么分别

我插好一辆卡车的满足，与他们看到的

满足是一样的，因为他们随时在看着我

就像"欢乐颂"所唱的

天父在遥远的宇宙注视着我们

我记忆中没有手指滋味，是后来尝到的
因为父母说不许的，我就永远不做
就像我从没有一次吃饭前不洗手
就像我曾感到的，他们的眼睛无处不在
父亲说不能走楼底下，我就劝那些女孩儿
别走，她们因为喜欢我才听我的
但也有时一个人回家。父亲说不能踩井盖
我到高中还没踩过一次。卫生课核桃脸的
老女人疯了似的说，手沾地要洗十遍
一次放学摔倒摸了地，回到家我打肥皂
再冲洗，数着：十遍；母亲用她健忘的抔击
我一遍不敢少，因为老师也在看着，数着

就像"欢乐颂"所唱的
天父在遥远的宇宙注视着我们

他们注视，就像他们的眼睛无处不在

一年级春游，我穿梅花鹿的白衣裳
父亲说他跟去了，躲在远处看着
见我急又说开玩笑，到现在我也不知道
他到底去了没有。我第一次要一个人
下楼和小区里的男孩儿们追跑打闹
父亲始终站在阳台上，我知道他在那儿
就像我做爱被看着，追不上被看着
失败被看着，从此我再也没有出去过
直到有一天我对他们说，我再也不会像
原来那样告诉我在学校的每一件事了
再也不让改周记，再也不在饭桌上交谈
我对他们关闭了。写作业的时候关门
写作的时候关门，打电话关门，睡觉关门
有时关着门是在手淫，但我轻轻的
做什么都轻轻的，以为听不见就看不见

后来我开始相信一些期限，就像被允许
比如到五年级就不用手背后坐了
因为 11 岁脊椎定型，就不用注意

我每天保持眼睛的距离，但我近视了
由于遗传，但到高中就不用注意
踩看起来结实的井盖，便获得了宽赦
试着不洗手吃东西，因为我怀疑
洁净的成长是错的，它让我生病
怀疑父亲的禁谕对我不是必然
但我病了，我怀疑是否应该彻底怀疑
有时我慌张地把精液抹在桌下
以为有一天他们会发现，桌子皮面裂了
他们没有找到原因，但我脊椎的问题
他们发现了。我觉得有一天我会受惩罚
而我已经在受惩罚，惩罚会被看见
就像我自慰时用左手，嘴角就向左歪斜
发现了吗？

就像"欢乐颂"所唱的
天父在遥远的宇宙注视着我们
而我禁止自己的期限是永远……
半年、一个月、一周，直至崩溃
我终于成为上帝在上，而匍匐着苟活的人

我们首先读到他的个人经验，一个受到父母严格规训的童年。我想到卡夫卡的问题意识，还有自己相似的童年经验。而后，张杭为这首曲子加入了间奏（如果这是曲子的话），而那种"普遍"的主题就在回旋中被演奏出来，父母的规训成为世界的普遍规训。"天父在遥远的宇宙注视着我们"。尽管这句话引自《欢乐颂》，但张杭本人的诗却让我想起巴赫的无伴奏组曲，那干燥而准确的提琴声。作为读者，我明确地知道他所说的"背后的眼睛"，而这也是蒙塔莱为什么写下"我将继续怀有这秘密／默默走在人群中，他们都不回头。"。

　　但我不得不承认，张杭的诗并非"理性"之诗的典范。理性是近乎冷漠的，像星星的光芒（曼德尔施塔姆曾形容它为盐粒），而张杭不是。在这首自传诗中，他直陈自己的问题意识。极其热切，像《约伯记》的问题："你且呼求，有谁答应你？诸圣者之中，你转向哪一位呢？"

　　可是张杭的理性并非冰冷的世界之规矩；"理性"意味着他的写作方式。他的作品产生机制，并非来自于外部感官的触发，而是来自于大脑的自发工作。他的写作是自上而下的一个过程，富有秩序感，他的诗是有条不紊的心灵自述。所以，尽管他的句子偶有拖沓（很难判断他是不是炼句的诗人），但这一点儿也阻碍不了（或许反而是加强了）他的明晰。

秩序，尤其显现在他的另一个主题"即兴"诗之中。在谈论他的即兴之前，我们可以想起画家弗朗西斯·培根的情况。在画画前，培根总是将颜料随兴地抛掷到画布上，然后按照偶然捕获的形象继续创作。张杭的即兴诗创作也是在抛掷颜料吗？当然是的。但是，一只小猫跳上钢琴、在那上面留下一串音符的状况，在张杭这儿是不会出现的。在抛掷之前，他已经严格地调配好了自己的颜料元素。

布勒东曾进行"自动写作"，在某种谵语状态下，任何来临中的词语都是有用的。但张杭并不打开感官的闸门。在其他诗人的即兴作品中（比如他的朋友丝绒陨的诗），外部的物体意象涌进诗歌之中。但张杭的即兴作品，意味着他自己动身去到外部做客。也许我们还能隐隐感到他所投身的另一个事业（戏剧工作）中的三一律：同一个时间，同一个地点，同一个情节；他始终在言说旋转的"自己"。我想称这种写作方式为前定的即兴。

地铁站的刷卡闸机

对某个人而言，这或许是一种考验

一种困境。你刷了卡，就得过去

特别是在出站的时候。这看起来很容易

你没见过一个人没能过去

后面的人也不可能让你稍有停留

但如果说：你得快速通过

这似乎多了一点儿压力，但也并不难

因为它仍然给你留够了一个缓冲的时间

即使闸瓣儿噗地一开，让你受了惊吓

实际上没有人认为自己受了惊吓

但假如你突然发现这一点，你不想过去了

尽管越来越多的人围住你，说你，看着你

但你不想过去了。就像你得说一个词

它代表一个意思，以满足别人已准备好的要听

以保持你表达的连贯，以使你的痛苦不被注意

以保持你这样继续活着。但你没说出来

在给你留够的不被注意的缓冲的时间

但你没说出来，或许你已决定不说了
但你已再也不能说出。就像你已付了全程
你没法再次先刷一次，然后再次付完
尽管你看着人们一个接一个都出去了
你再也不能出去了。尽管你质疑他们出去
是为了做什么，或你已放弃所有你会去做的事
质疑成功学，否定实用主义，渴望超脱世俗
尽管你从未不能出去，比如求救，找人
尽管你可以说服自己那些人不好，或你鄙视
甚至于你宁愿保持一种状态：如此绝望
尽管你不可能最终不出去，但你宁愿这么认为
因为那原因是那么那么小，那么简单
你可以假装是在等什么，但你又不愿意
看见你的人觉得你在等什么，因为你诚实地
多想上去告诉他们实际上你并没在等什么
让他们知道，也许他们中会有极少数不冷漠地
说：你丫傻逼呀。就像你父亲说过的
或是你的亲人来找你，或一次次给你打电话时
说的。因为你没法跟他们说，你终究可能得了抑郁症
并不觉得回到一个地方是一种治愈

诗歌是世界上最为微妙的事物，一千个诗人有一千种诗歌。张杭诗歌的魅力，在于他文本后面隐藏着的思维体系。他当然具备对现代经验的丰富感知力（他对女友 Frida 面容的描摹令人印象深刻，他在地铁闸机口突然发现"你不想过去了"尽管身后"越来越多的人围住你"）；但是，在任何一首诗里，张杭都会把自己想要表达的那个理念完完整整地说出来，你不会在其中感到朦胧和含混（尽管朦胧和含混有着同样或者更甚的美学价值）。我们置身在一个需要说话而非沉默的时代，诗歌是这座房间里的窗玻璃。张杭除了写诗之外，同时写过大量的剧评，也写过《我的同时代人的诗歌批评》这样系统、细致的诗评。在西方，欧洲文明经过了长期的理性训练和秩序建设，才迎来了非理性和反秩序。我们的当代文化需要张杭这样的建构者。

有时候，站在张杭面前，你会想起另一个人。后来，我的脑海里浮现出青年穆旦的形象。他们两人的面容中有相似之处。听听洛尔迦的诗句："我们将等待好久，才能产生，如果能产生的话，／一个这样纯洁，这样富于遭际的安达卢西亚人。"穆旦先生早年习得英美诗人的理念，壮年之后经历种种变故，直到晚年才唱出天鹅之歌，"这才知道我全部的努力／不过完成了普通的生活。"现在的张杭年轻而严肃，他已经形成了自己的诗艺体系，我们等待好久才会重新产生的那个中国诗人，或许已经来了。他和家人一起住在北京的天通苑街区，请允许我冒昧称他为天通苑的穆旦。

Frida 的四副面孔

我凝视着；我熟悉你的脸

为了彼此我们谈论自己

我还没有穿过一点

像在遗忘中，你无数而相同

然而在一段话的末句，你的嘴

收束为长长一条黑色线，你的眼睛

也向它汇聚，这时你的表情薄如纸

就像一首诗气弱的结尾，

流露厌弃的冷漠，它源自

对待自己想要戳破什么的渴望

沿着一条漏油的苦难航线

哦，锐角的船舷，盐水拍打过你的脸

海鸥翅膀般的乳白铁皮

包着那些又黑又空，免使你沉没

然而突然而至地，你的脸镀上金色

就像一节餐车驶进夕阳

这是你接受爱的时刻

完整、无所想，被一种均匀充满

不再有嘴唇脱皮的破败、俗气

我曾在月光下，为了储存

而扶着你，长久地端详

你就是时间，播撒它的微粒

让我们的生充满实在的庄严

然而你却笑它，满足于至今

你还没有损失，这时你的脸蛋

就像两个拳头那样富于石榴的力量

它们傻傻的，装满折磨人的喜剧

你的脸是一个转动家具的小剧场

有个收票的小男生，等着来自美国的

主人公。然而，你会有别的面孔

在那许多年、你迎接的一切都过去

你拥有它，背对着我们，

就像第五维度，让我迷惑、不知

2014 年 6 月 9 日

昆鸟和"公斯芬克斯"

　　每个作家都有自己的精神形象，而每一篇文学作品，都是从那个精神形象中分割出来的一份复本。在昆鸟的诗集《公斯芬克斯》中，那个形象十分鲜明。整本书的从头到尾都存在着尖锐的心理状态，第一辑中收录的短诗《复仇》是这样的："我要重复地走向日落／让皮包着的骨头嘎嘎作响／让高窗里的人们／都听到我骨头的叫声／像一根忧伤的红刺／闯进人类郊区的暮色"。在昆鸟的每一首诗中，那根"忧伤的红刺"都恒常地存在着，它可能生长在诗人的嗓子眼里，使诗人获得写作冲动。到了诗集的第三辑，《再没有少年》中又出现了类似的场景："再也没有少年，再也没有少年们／面向薄暮时分的郊区呐喊了／他们为生命找到了理由，咳嗽着／他们推开屋门，日历上已经长出了蘑菇"。我们想到，昆鸟曾是一个如芒在背的少年。

我想向众人描述昆鸟的形象，但也许一开口就有错误。在他诗集的新书分享会上，昆鸟对读者和朋友们说，他的诗歌文本没有任何自传性。也就是说，虽然"少年"的形象在书上多次出现，但也许那只是作者创造出来的文学场景？但作为他的友人，我知道郊区和暮色实实在在地存在于他的生活中。我刚刚认识他的时候，他住在北京最西边的一座小山边上，在那些时候他比别人更靠近落日。他的住处一度是几位青年诗人聚会的据点，我们在那儿做过大量的交谈。

昆鸟的第一批诗作写于2006年，现在主要收录在第一辑。两年前，诗人秦失在一篇文章中这样说："昆鸟写出的第一批诗歌，一上手就都很成熟，风格鲜明，这在诗人里是少见的。这说明诗人在开始写诗之前就已经修炼有成。大体上，这个过程就是感知、反思、领悟，最终形诸笔墨的过程。"秦失的判断十分准确，正是那个"感知、反思、领悟"的过程非常重要，它使得昆鸟的初试啼音之作绝非一般意义上的"早期写作"文本。

在2006年底，昆鸟的修辞已然十分紧张而微妙。《突然的理智》这首诗中有精彩的段落："我猜他是白昼的平庸剪影／是我在睡眠中孤独奋斗着的对手／热情的灰家伙／日历上流出的无名日子/轻薄而活跃/'再见',他说/'再见,丑角'/我嗫嚅着/同时学会了背光行走"。前五行的一连串比喻,让人仿佛听到北岛和多多的嗓音,而在后四行的简单对白中,寥寥数笔就呈现出复杂的心理状态,这让人觉得,陀思妥耶夫斯基和昆鸟一定是互相懂得的。

昆鸟是从八十年代的乡村成长起来的少年,我们想到三十年前,一个聪慧的心灵进入广阔、粗粝的成长历程,只有这样独一无二的生活,才会锤炼出来敏感而又硬朗的诗人。当然,在这本诗集面前,谈论生活经验也许几无必要。昆鸟有广泛驳杂的阅读经验,在一群青年诗人朋友中间,大家交往、相知,在阅读上有相似之处,但各自的写作通往不同的方向。他的阅读经验并不构成他的写作资源,只是参与、渗入了他的精神重量。这一点使得他的诗句有时虽然短促,但从不单薄,它们足够沉重。

从2009年开始,昆鸟达到了自己的成熟时期,在一批精湛的短诗作品中,他完成了对自己风格的确认和强化,这些作品遍布在书中。例如在《天要黑了》这首诗的结尾,他"终于把世界赶到针尖上了"。中国诗歌的抒情传统,在昆鸟这里自然地绽放,正如在海子那里曾经绽放过一样。可能在很久以后，人们会知道，把他们俩相提并论是恰当的。"大地的深处走着一个孩子／大地将这个孩子当做灯笼"，"我常浑身冰凉地醒来／嘴里塞满了泥土"，这几行诗来自昆鸟的《无题》，正如海子在《村庄》里吟唱的："夜里风大　听风吹在村庄／村庄静坐　像黑漆漆的财宝"。

　　不过，像上文那样比较他们俩的诗歌意象，也许是没有意义的；更值得比较的是，昆鸟和海子一样，创造了属于自己的语法。这语法植根于自己的审美经验，从诗人的生命意志中生成。他将修辞和情绪统一起来，有时候修辞就是情绪，有时候情绪就是修辞。显见的是，昆鸟捕捉瞬间的能力非常强，仿佛能够原地起跳、一跃而起，如同某种运动天赋。他对待警句的态度不卑不亢，它们被看似随意地放置在诗歌结构的某一个部位。他的诗歌语序里没有简易的逻辑，每一首诗的写作肯定都是困难的。甚至，每一首诗都是一个奇迹，可能他自己都难以在另一个时刻写出类似的思索。西蒙娜·薇依曾说，体力劳动就是每天死一次，对于昆鸟这样的写作者来说，写诗当然是体力劳动。在他最好的几首诗中，真理浑然天成。要谈论他的语法，还需要大量地摘引他的文本，在这里我无法详述，只能提到这几首诗的名字：《我将再一次看到清晨》《小姨》《无题》《子夜》《傻爱情》《月亮》《佛陀之子》和《冬天与骨头》。

我所提到的真理，并非向上指的、玄幻的真理，而是关乎实际生活的真理。那是具体的、可被罗列的，同时绝对高尚的经验。昆鸟和他的朋友们，已经结束了某种蓝色时期，进入了艾略特所说的二十五岁之后的岁月；更何况，昆鸟本人就是在二十五岁的年龄开始写作。昆鸟对当代诗歌的四十年流变明烛于心，他有自己清晰、老道的判断。例如，他屡次在聊天时说到，年轻一代的写作者应该重估朦胧诗的价值，而不是将它弃若敝屣。而十几年前的"盘峰论争"对他的影响是，他的诗歌文本是口语化的，但他本人却是一位真正意义上的知识分子。所以昆鸟的写作自然而然地总结了他的先驱者们。

在他最近撰写的一篇诗歌批评中，昆鸟谈论当代诗歌与同时代人。他指出我们的境遇三种：其一是"对大话语的全盘拒绝"，其二是"这一代的写作者往往很难辨清自己的亲缘关系"，其三是"趣味、审美主义统治了当今的文学"。通过文章和发言，昆鸟直截了当地抵达当代问题的核心。他明白自己是谁，也知道自己四围的地形，作为当代诗人他有着明确的诗学抱负。这抱负是他所认识到的历史强加给他的，而他的身躯必须承受它。这样的一个人，不可能不紧张，不可能不焦躁不安，以至于连续几个夜晚无法入睡。想到这一点我再重新看他的作品，它们终究显得是自传性的，虽然经过了诗歌技巧的变形。而行文至此，我有必要把昆鸟一分为二了：短诗的昆鸟和长诗的昆鸟。清楚他的历史性视野，是恰当的准备，之后我们可以阅读他的《肉联厂的云》。

《肉联厂的云》收录在第四辑中，它是诗集中的唯一一首长诗。事实上，在当代诗歌中，长诗与短诗并没有十分清晰的界限，我之所以确认这是一首长诗，是因为它的致密和沉重，昆鸟的长诗虽然只有一首，但却能够从他身上取走一半的重量。在《肉联厂的云》中，修辞的问题已经退隐了，也因为它在短诗中已经纯熟，足够他来锻造更庞大的物件，呈现自己对当代生活的认识，用诗歌语言来排列码放历史哲学。全诗共分七节，第一节开篇写到当代生活的背景和"我们"的身世，"谁讲述田园，谁就该扇自己耳光"，在这里"土地已经避孕，种子却照例被埋下"。第二节描述我们的现状，它就是"伪秩序，伪道德，伪文化"，"它历史性地嘲弄了我们的愤怒／又把我们的失败摊派给辩证法"。第三节用抒情诗体进行反讽，我们"从许多层梦境里醒来"，进入了信仰和价值观的崩塌时期，"黑着脸的天空突然来到面前，怎么办"，但没有人引领我们，只能狂欢式地胡乱呼喊"全国人民大撒把万岁"。在第四节，"把先贤祠改造成宠物商店之后，我们获得了终生有效的道德免疫力"，我们又再度适应了这样的生存环境，"先是习惯了，接着就变得熟练了"。最后三节篇幅均稍短一些，也因为全诗的逻辑在第四节走到了尽头：第五节提到我们处在"第五时代"，这是塑料的时代，"我们已能塑造一切"已经成为世纪病；第六节哀叹我们丢掉了枷锁，如同丧失了坐标；第七节中的"我"已经接受了这样的现状，而"我们的孩子还将在大地上迷路"。全诗以悲剧结尾。

　　早在1940年代，沈从文等人就试图通过长篇小说的写作，来寻找自我在历史进程中的位置，而如本雅明所说，历史天使面前的残垣断壁却越堆越高，直逼天际。《肉联厂的云》并不是完美的作品，它在结构上并不均衡，最后三节诗在巨大的精神压力下变得仓促（这压力来自中国的未来）。但虽然如此，在大部分写作者沉浸于自己的个人生活、私人情绪的时候，这首长诗的严肃关怀和高亢音调，使它在我们的当代文学中闪耀着光芒。需要补充说的是，这里的严肃和高亢有别于海子式的长诗；昆鸟的诗歌建筑扎实地建立在地面上，他的现实感来源于"盘峰论争"之后中国诗歌的自我训练。

此外,《〈鹿苑〉及其阐释》也是昆鸟的一首重要作品。这首诗我曾听他公开朗诵过,当时的诗名叫《为自己建造〈鹿苑〉,并接受其中的屈辱》,昆鸟是一个反复修改、炼句的诗人,由此可见一斑,他在斟酌之后,还是将戏剧意味更浓的"建造"一词删去了。这是一首关于审美的诗,也可以看成是昆鸟虚构的一种个人简史,它的修辞和节奏中有吸引人的神秘气质。早期作品中的紧张感,到这时已经炉火纯青,像一张紧绷的弓,随时可能会被某个意外的东西触碰,它只能是昆鸟式的。在书中附录的作者访谈中,他也对这首诗做了详细的解读。

昆鸟是这一代青年诗人中特点鲜明的一位,我们的整体美学倾向,我们的哲思、超验性,都在他的作品中一览无余。出于某种反叛精神,他将诗集命名为《公斯芬克斯》,这来源于他的《灵魂目录》诗中一句无所用心的"斯芬克斯是母的"。这种即兴的、随意的态度,来源于他对正统话语采取的消解立场,但作为一个严肃的思考者,这种消解使他身上产生自我对立,这也是他紧张感的重要来源之一。他主动地将自己抛掷进入当代诗歌的四十年场域,在谈论同时代人的文章中,他还说，"诗歌不是个人精神的后花园，而是前哨，祝我的写作早日成为诗歌总进程的炮灰"。这并不是言过其实，须知在漫长的潮流中，我们的有效期往往是由我们的历史境遇决定的，我们都将融入莱奥帕尔迪式的无限。这令我想起《灵魂目录》中的另一段诗句："我在一种奇怪的光里看见东西／那种光在我的屋子里住下了／我能看见一切／但那光是黑的"。

2016 年 5 月 30 日

我们会在生活中感到疲惫

　　我们会在生活中感到疲惫。美国作家威廉·福克纳在文章中提到，他曾经常常陪舍伍德·安德森一起在城里散步。某次安德森讲了自己的一个梦，他梦见自己牵了一匹马在乡间的路上走，然后想要用马换取一个夜晚的睡眠，并不是只换能睡一个夜晚的一张床，而是睡眠本身。福克纳回忆此事的时候，认为安德森只是在凭空讲述，以使自己的生活成为一个轶事或寓言；但是，福克纳或许忽视了，安德森所感受到的——那种永恒的疲惫。

　　最近，我常常和作家朱岳一起散步：要提笔谈论他的小说时，我必须首先提及这一点。我与他在一个出版公司共事，并且意识到在他的生活与小说之间，存在着一层轻微的隔膜，虽然这也是大多数写作者的状况。工作日里，待在三里屯附近的某座办公楼，朱岳会向我们几位同事随口谈论他的梦，但他总是轻描淡写，尽量减少附加的意义；这一点正与安德森相反。

尽管如此，在朱岳的新书《说部之乱》的开头，我重识安德森式的疲惫幻觉。那是小说集的第一篇，《原路追踪》，第二人称的主人公在其所生存的环境里，被命运驱使在雨水中向前行车，经过一些波折之后，渐渐接近自己的目标，然而就在这样的时刻疲惫到来，如某种契约的降临，并且终结了这篇故事。书中叙述："这样的梦呓时断时续。你感到累了，放下书，走到病房的窗前。……雨水刷洗着黑色的公路。你想，这雨水最终会流到路的尽头，那里难道不会被淹没吗？……"

同样的提问句式，我曾在卡夫卡的故事《初次痛苦》里读到。"如果这些念头开始折磨他，它们会有朝一日完全消失吗？它们难道不会变得越发强烈吗？"到这里，小说故事的线索已经被作者抛弃，主人公和读者全都站立起来，注视文学将我们带到的眼下的一片开阔地，在那儿你有必要想想自己是谁，从哪里来、到哪里去。

我强烈地感到，《原路追踪》是作者的一个梦境，在这样的结尾处，做梦者将在倏忽之间被意识提醒，离开睡眠状态。

一位诗人在谈及写作技巧时曾对我说，这样的结束仿佛撑杆跳，先在地面跑上一段距离，突然间借助撑杆的力量高高跃起，离开地面。也如卡尔维诺曾提到的另一个例子，意大利作家卡瓦尔坎蒂灵巧地一跃而起，使自己升至世界的重量之上。这篇小说的跳跃并非基于故事情节的剧烈扭转，而是通过超越性的提示，它只在静态的积蓄中不期而至。

书中的同名小说《说部之乱》，是另一篇我尤其喜欢的作品。和《原路追踪》一样，作者在构建一个紧张的故事序列之后，突然履行了他与平静的契约。在一场"说部之乱"——也即语言混乱——作为病症袭击世界之后，幸存的主人公和朋友陆德两人试图拯救人类，破解这场灾难的源头。然而陆德的尝试失败了，他选择了自杀。故事的结尾这样到来："于是，我接受了陆德最后那个假设，并着手写一篇'加一道锁或封皮'的小说。写完之后，我就逃走。此刻，等待我的那片海岸已经在我眼前晃动了，浑浊的海岸拍击着礁石，发出轰鸣声，提醒我要一直凝视它们。"

在这样的时刻，作者大概放弃了讲故事的初衷，而是提醒自己和读者"凝视"生存状态。目光接管了世界的秩序，我们一同留在某种时间停滞状态中。老练的辨识者会明白，朱岳的每一篇小说同时都是一首诗。

我有必要回忆第一次阅读朱岳作品的经验。那是我刚刚在单位与他共事不久，某天中午他赠我一本《睡觉大师》，在这之前，我还并不了解这位友人的创作。午后，我因为有事离开北京，在去往邻近城市的火车车厢里，开始阅读那本书里的第一篇小说。接着，我立刻给他发去短信，说自己已经被震动了。那篇小说的名字叫做《我可怜的女朋友》，在三页纸的故事之间，主人公怀着忧郁的心情离开女友的病房，在一片瓦砾中试图寻找一朵玫瑰花，但只找到一根狗尾巴草，并且看到天边的红色晚霞。那次我想起的是卡夫卡写过的"乡村医生"，他坐在人间的车上，驾着非人间的马，四处奔波，饱受严寒的折磨。

可见在我的阅读谱系里，朱岳和卡夫卡的重叠绝非偶然现象。某个摄影师将会给朱岳拍一张照片，在被定格的瞬间，他的眼神和卡夫卡的是否也有相似之处？世界凝视我们，我们凝视世界。

在《双眼》一篇里，朱岳或许提及了自己的目光。这篇作品只有一页，与其说是小说，毋宁说是箴言。开篇提到创世，而后在一团乱麻中诞生了一个人，他的双眼是两只鸟，它们飞在前面引领人前行。有一次，鸟向空旷处飞去，人骑马追赶，但不再能够追上，撞进了一片黑暗。这时，"他勒住马，侧耳倾听，寂然无声，身后的事物没有跟过来，前方的空旷浩渺无际。"（这个描述让我又一次毫无疑问地想起卡夫卡，他也曾如此描述人的处境："他有两个对手：第一个从后面，从源头驱迫他；第二个挡住了他前面的道路。"）最后，朱岳的主人公"坐在马上，垂下头，不再移动"。世界陷入沉默。

那种宁静的氛围，也弥漫在《默片人》一篇中。小说里，旅行中的女人发现男友的胸口上有一个小孔，贴近去看，里面正在放默片（写作者在这里设置了一层套盒，也即通过观看，另一个故事展现在读者面前）：一个孩子在电影院里感到恐惧，于是不停地往出口方向逃跑。

这个小孔会让我们想起博尔赫斯写过的"阿莱夫"。也可以再次想到卡夫卡写的"乡村医生"，他在病人身上找到一个伤口，并喃喃："在他腰间的右侧敞露着一个手掌大的伤口，像朵玫瑰……可怜的男孩啊，你是没救了，我已经找出了你巨大的伤口，你正在毁灭于这朵鲜花上。"然而，朱岳在某次谈话中提到，孩子和电影院的故事，来自于他父亲的一个梦境。

因此，事关原始的"恐惧"，是作为一份隐秘的家族财产而被流传下来的。如《默片人》的素材所示，那悲哀并不是来自于作者的远亲博尔赫斯和卡夫卡，而直接地来自于作者的父母。是生活而非文本，教给我们决定性的经验。尽管朱岳热爱阅读，并且在这些小说里堆叠了一些他欣赏的作家的名字，如乔伊斯、乔治·佩雷克，只是他们仿佛纸片做的背景道具；虽然他们也凝视我们，但并不开口说话。

当然，《尤利西斯》和《人生拼图版》等小说，真实地堆积在他的书桌上，仿佛梦中之梦。朱岳每周都会买书，这些新买的书常常就堆积在办公室里，我们笑称，那儿随时都有雪崩的危险。阅读、迷宫，还有睡觉、消失术，这些元素出现在朱岳的小说中，恰好因为它们都是他日常操练的事物。

事实上朱岳的文本有一份更加久远的来源，它的名字恰好出现在新书的书名里："说部"。中国古典故事，以一种奇怪的集体无意识的形式，占领了作家大脑的某个部位。《儿子》一篇，讲某个女人生下一个儿子，等儿子长大后，女人又给他生下老师、战马、随从、妻子、修士乃至死神，帮助他完成一生的历程。这篇小说让我想起的，是在另一次谈话中朋友向我提起的，一个来自《搜神记》的故事：一个男人去别人家做客，这家的小姐喝了他的洗手水，于是怀孕了并且生了个小孩；男人再度去她家时，女人把孩子领出来，男人不愿认亲、用力一推；结果那个孩子倒在地上，重新成为一摊洗手水。

小说里所构建的故事——从虚空中来，到虚空中去。但故事的叙述过程被记录下来；也许这样的故事是拒绝被阐释的，它们的意义只满足于叙述本身，并且是自足的。

我特意去问朱岳本人，他回答说，自己没有系统地阅读过《搜神记》。我明白，是故事自己从古代前来找到了他。这是一种无师自通——因为讲故事是小说家的天性。这本集子里还有《黄金》《食竹记》《鱼腹》和《白发》等篇目，我恍惚间会觉得它们可能是《聊斋志异》的某个部分。朱岳接管了中国古典文化中一直隐而不显的那份轻盈，那种无言的万籁俱寂的神秘。

朱岳接着跟我讲另一个轶事，说自己写的一个故事，被发现和几千年前的某个古印度神话是一样的，而他之前并未读过相关书籍。很多写作者都有这种体会，自己在构思之后写出一个巧妙的故事，但却无意间发现那个故事已经被另一位作家讲过。朱岳比常人更深地陷入这种互文之网中，这是他的处境，也是他的价值所在。

《写作计划》一篇也提醒了这一点。在文中，第一人称的写作者说自己着迷于故事的文本结构，列出了一批想要写作的小说提纲——当然，止于提纲而已。毫无疑问，前人和后人，已经讲过或者即将要重新来讲这些故事。或许在这些故事面前，作家们已经达成了秘而不宣的共识。如果有一天朱岳像俄国学者普罗普那样写出一部小说理论著作，那并不会让我感到诧异。

我想起另一位同时代的写作者；在青年友人们之间，有一个私下里的美谈叫做"北朱岳南朱琺"，这两位朱姓作家有着相似的文学趣味。朱琺曾经在豆瓣网上建立过一个小组，叫做"博卡青年队"，意在向博尔赫斯和卡尔维诺致敬。再往前追溯，美国作家约翰·巴思有过一个著名的判断，说博尔赫斯和卡尔维诺作为两条平行线，在非欧几里得几何中有可能相遇——地点不是灵薄狱也不是布宜诺斯艾利斯或者罗马，而是在无限之中。

朱岳的写作已经进入巴思所描述的那个区域。让我们回到小说《说部之乱》的文本中，结尾处主人公谈到，他正要写"一篇'加一道锁或封皮'的小说"，这个工作承袭于《一千零一夜》《水浒传》、博尔赫斯和佩雷克。很难探究，这样的叙述里有多少成分是朱岳的自况。

我记得巴尔扎克曾说，谁不能在晚餐后的散步中想出七八个短篇故事呢？我们可以回答：但只有真正的匠人才能使它成为艺术品。在《回信》一篇中，朱岳又一次直接地谈到了自己的写作者形象。他做了一个比喻，说世界是一只大碗，碗外是无限虚空，而他自己是那种会一直待在碗内的人，作为小说家，他愿意写一些平淡、安静的故事。可是，接下来，戏剧性的转折到来了：这篇文章的结束，是回信者又讲了一个怪异的故事。

朱岳生活在日常维度之中，常常和朋友们一起在工人体育场附近午餐；但他深深明白，世界是真正神秘的。像维特根斯坦一样，对于不可言说的，我们应该保持沉默。我想起《睡觉大师》里的另一篇作品《万能溶剂》。科学家默多克研制出了某种能够溶解一切的溶剂，它迅速地吞噬任何靠近的事物。这些消失的事物渐渐聚集，并呈现出一座城市的形状，在那儿唯物主义、悲观主义、达达主义、相对主义、存在主义等哲学理念横行街头，成为可以等价交换的商品。默多克渐渐感到厌倦，他走出门，随手将溶剂扔进玫瑰花丛，地面上很快出现一个深不见底的黑洞。然后，写作者告诉我们一个真正的事实，这个事实跃出文本而进入读者的生活——寥寥数语的揭示："就连这星空也会被溶解掉，这只是时间问题。"

关于世界毁灭的梦，或许我们都曾做过，从出生的时刻开始。终点在等着我们，它已经被预示，如舍伍德·安德森的愿望。朱岳提炼世界，他的作品将生活容纳进去，并做了轻微的扭曲，但没有改变其内在的逻辑。从这些结尾里涌出悲哀的诗意：他准确地触摸到生活的本质。

也许《仙药、黑人、月亮》一篇，是这些故事里的唯一例外。在一座明丽的世外海岛上，一个女孩拿着徐福送给她的浅蓝色宝石，开始飘上天空，越过屋顶，一直升到了轻盈的月亮上。卡尔维诺曾在《宇宙奇趣》里写到过类似的美妙情境；而继续往前追溯这个故事，它则来自于阿里奥斯托笔下的《疯狂的奥兰多》。朱岳的汉语语境，使得他看见了一个卡通的萌萌的嫦娥，而那块蓝色宝石最后也传递给了月球上的最后一只兔子，进入它的肚子，好抵御住那使它落入太空的神秘引力。

很长一段时间里，我觉得朱岳在他作品中的形象，犹如卡夫卡笔下那位驾驶小船的格拉胡斯；我无法忘记他字里行间的沉重忧虑。但最后这次航行的主角已经变换了，在《仙药、黑人、月亮》的结尾，徐福的酒醒了，一阵满足感来到他的身边。这可能意味着，他找到了庇护所。

这个地方或许不在别处，就在朱岳所生活的北京，那座灰色的、夜晚却发出光芒的城市。在整本集子里，朱岳只在几处地方提到了它。其中一篇叫做《隐士游戏》，讲述的是一位友人在香山隐居的个故事。在它的结尾处，作者写道："……走着走着，心里恍然生出一种奇怪的感觉，我并不是身在香山，而是在一座远为旷渺、古老的山中。"

而值得期待的是，一种本地的荒谬，会更多地出现在他的作品中。

2015 年 5 月 29 日

"犹如集合的儿童"

渐渐地我认为，要成为一个伟大诗人，必须经过足够多的旅行。这个观点可能有些偏颇，但我是在读密茨凯维奇的传记时，产生这个想法的。——好吧，更确切地说，我同时还在读王炜的新书《大地报告》；如这位苛刻的写作者所愿，我不能在这里夸赞他。这几件事是同时发生的。

无论如何，我的朋友王炜，正走在这样"忽明忽暗"的道路上。两年前我第一次在聚会上见到他，在交谈的最后时分，他提起自己曾经在沱沱河岸边的夜晚，听到水中浮冰碰撞的声音。他说在那一刻，自己理解了曼德尔施塔姆的诗句，"我听见那最初的冰"。后来在另一个场合，他在庞杂的文学言谈中又提到这种意象，"黑夜的浮冰"。可是当时我却理解错了，以为他说的是"黑夜的伏兵"。不过，王炜不会反对这种错误。我们都同意，此时的空气中就有着隐隐的伏兵，如同远山。

王炜又一次以类似的言谈打动我，是在他为电影《诗人出差了》所写的评论中。在那篇文章的结尾，他居然谈起自己做过的一个梦：他梦见自己身处新疆的棉花田里，有一个维族老农朝他微笑，咧开有着发黄牙齿的嘴，这个人就是索福克勒斯。索福克勒斯向他建议，"把这一切，把已经发生和即将发生的，写成一首'银灰色的叙事诗'。"——我在这里请人们注意，这是一个在中文梦境里见到过索福克勒斯的家伙。

在认识他两年之后，我终于见到了这本《大地报告》的出版。王炜是一位诗人，但他为当代散文提供了范本，这是我从一开始就确信不疑的，自从读过他的评论文章之后。坦诚地说，两年以来我喜欢王炜的文论，胜过喜欢他的诗作。因为王炜的诗歌写作，并不是普通读者能够一眼辨明的。庞杂的观念和思考存在于他的头脑，假如它们像雅典娜一样离开王炜，那它们会转而压垮一座城市。然而，散文以其文体，却能够很好地承载它们，使它们舒展、铺开。

可是话说回来，《大地报告》真像是一本诗集；当我翻开书，读完第一篇《穹窿史》之后，我不禁如此感叹。在叙述完一位旧日友人的陨石故事之后，王炜开始做梦——或者说，想起自己过去曾做过的一个梦。一位谈吐敏捷的老人在梦中给他一本书，"封面是简朴单纯的天蓝色，印着三个宋体字：'穹窿史'。"（王炜总能适时做梦，我真羡慕这一点。）这是陨石故事的结尾：这位昔日爱好聂鲁达的仡佬族青年、今天的"中年文官"，明白"我们要带着一种家传的奴性去生活"。但他也仍然"酷爱流星"。

如果下次与他聊天，我或许会提及兰佩杜萨写过的萨利纳亲王。在小说《豹》的平庸和混乱中，亲王也能够在天文望远镜的另一端，勉强获得一份平静。那是"穹窿史"的另一种可能性，在另一个时代、另一块土地。但王炜更加感兴趣的，可能并不是这种诗意的瞬间。而是他自己所说的——在边缘地带阐明"，在《大地报告》的前言里他说，"我在一首诗中称之为'返工'。"那么也许我们会换个话题，聊起乞乞科夫对俄罗斯内地的游历。

他感兴趣的是更为庞大、但也更为具体的东西。我已经多次听到他用这个提问来为自己的小型演说做结尾："何为中国人？"他的全部写作，都源自一种纯正而实际的问题意识。他会在不同的文体里重复他的措辞：一系列"小长诗"，组诗《成为同时代人》，诗剧三种《韩非与李斯》《罗曼·冯·恩琴》

《MAO》，文论集《近代作者》，以及这本《大地报告》。在这一点上他倒真的像一位不拘小节的近代作者，对他来说，重复不是问题。

所以当我读到《波浪公路》的时候，就认出已经熟悉的东西了。王炜在文中记录下这样的句子："人活着用不着很多才能，我越来越明白这个，不过，这正好也是对人的挑战，没有才能地活。"这是甘肃人老朱所说的话，他工作于青藏公路上某个冻土观测站。而我所知道的王炜诗作《关于才能》，就是老朱这段箴言的另一块棱镜面。在诗作《中亚的格列佛》中，王炜的诗句又是这样的："我沿着一座波浪公路寻觅／缺氧中摸到了雷霆的开关。"

显然，随笔集里的诸多篇目，可以成为王炜那些晦涩沉重诗作的注释。《大地报告》里直接提到了他自己这些作品的创作：小说《亚欧铁路》，诗剧《罗曼·冯·恩琴》，还有小长诗《洪水》。去年秋天我读到刚刚写成的《洪水》的时候，还不知道有《大地报告》这一批文章的存在。我惊讶于他这样的诗句："不论大地的纠正还是鬼魂的看法／我必须重新接受，在一阵溃决的／严寒中，中国永不完成。"王炜仍然是一个写作警句的人，但他几乎比任何人都谨慎，除非他对此有把握——自己写下的是穆旦式的营养的苦汁。

"土地越来越明亮。开发区／浓烟起伏……"我已经适应王炜诗句的节奏，而《洪水》中的这另一句，我曾经在交谈之间随口诵出。王炜对"那个永久的前统治者"并不陌生，他动身去过某个斯威登堡式的"忿怒界"，他是一个21世纪的俄耳甫斯。

我已经把话题拉得有些远了。《MAO》的第四幕献词是："听，歪瓜裂枣的共同体在发疯。"这就又回到了《大地报告》的主题，这共同体既是我们这些"新人"，也是这片浓烟起伏的土地。王炜在返工的过程中前往了西藏、新疆、内蒙古、山西和东北，沈阳、西安、杭州，最后笔尖停在他所出生的贵州。他记录下了满洲里的普希金像、盐湖之光、"辽宁阿特拉斯"、乌拉泊水库的天鹅，雅鲁藏布大峡谷的建设者、喀什的文物爱好者，还有落在生活中的"常见之鹰"。在周游东北的路上，他在这本书中又做了一次梦——和前几次类似，这次他梦到的是一个"絮叨、平凡的海神"，"戴着顶老年帽"。

早些时候，王炜对我随意地说，这本《大地报告》不值一看，里面文章的质量参差不齐。读完后我承认后半句是对的，但这是因为，部分文章给出了过高的标准。第一辑中的

《穹窿史》、第四辑中的《身边的溪流》等篇，正如我前面提到的，已经是当代散文的范本。在《身边的溪流》中王炜自述道，"我等待着，经历了时代的、工作的乱石堆后，还有时间去写一些溪流般的句子。"这一点他显然已经做到了。到了最后一篇《不可能的还乡》的结尾，他回忆起外婆和少年时光，令人动容地说，"故乡等于年轻时在空无中的平静和外婆的山地"。

在后记中，王炜按照埃利蒂斯的方式列出了自己喜爱的事物，其中一项是"一些从西藏阿里地区、雅鲁藏布峡谷，青海可可西里和江源地带，新疆可可托海、艾丁湖，黑龙江边，呼伦贝尔草原以及黄海边带回来的普通石头"。说到这儿，我想起曼德尔施塔姆以石头命名他的诗集。书中的这一批散文，是王炜从旅行中带回的另一些石头。我还想起了自己喜欢的短篇小说《乌鸫》，大概理解了穆齐尔何以能够沙沙作响地讲出三个小故事。

事实上，在这些文章面前，我已经失去了使用比喻的动力。也是在这之后，我才读懂了他的诗歌。用了很多年，他才收集到一定数量的"朋友的幽灵"。（在某种误读之后，我还是在王炜身上找到了乞乞科夫。）除了各种文体之间的相互联系之外，他的具体生活也许才是更为吸引人的最后一种文体。还是像某个近代作者一样，多年之后，朋友们的生活乏善可陈，王炜的生活却还值得被传记研究。

我总是不能免于把事情弄成二元的。王炜兄年长我十一岁。家坪兄曾向我谈及他们这群友人的故事，他们几位前后脚从北京前往乌鲁木齐工作。我只有视自己即将离开这座城市、这段生活，才能写下这样的文章。但也许，我要离开的只是自己业已逝去的三十年时日。我可能不会像马骅那样动身前往澜沧江，尽管他在那里写下了"我最喜爱的不是白，也不是绿，是山顶上被云脚所掩盖的透明和空无"。我现在想到，北京城也有地理学。在地铁十三号线上，我时而放下书，看车窗外的傍晚，宁静而有橙色和黑暗。这也是王炜给我的启示。然而，"我刚刚才适应这青年时刻／大地上就浓烟汹涌，犹如集合的儿童"。

2016 年 11 月 14 日凌晨

画家江满芹

　　美国批评家乔治·斯坦纳曾在回忆录里感慨，后悔自己在 1950 年代刚刚开始领薪生活的时候，没有尝试借点钱——不太多的一笔，去买一幅本·尼克尔森的小小画作，精心收藏、打上神秘的灯光。"如果我这样做的话，它那沉静的逻辑就会一直跟着我。"显然地，斯坦纳早早发现了尼克尔森画作的气质，并且被其吸引，可是等到他明确意识到这一点的时候，尼克尔森画作的价格已经令他望而兴叹了。

　　这也许是艺术圈子里常见的一件轶事。世事难料，一切都在改变，你昨天见过的一株幼小植物，今天已经枝叶繁茂。然而，作为一位东方读者，我对本·尼克尔森闻所未闻，这里有两层鸿沟：中国文化和欧洲文化的距离，以及当代艺术与普通受众的距离。当然，我是一位文学读者，在十多年的阅读经验中，对当代艺术渐渐有了一些认知。正因如此，在阅读斯坦纳的回忆录之后，我特意去网上搜索尼克尔森的资料，在雅虎网看到了他的画作，果然如批评家所说，其中有一种神秘灯光照明下的沉静逻辑。接着，回到我们的语境当中，我不由得想到，这一切，在中国仍然继续着。我要提到的例子，是自己所熟悉的画家，江满芹。我手头已经有一幅她的画作，因此斯坦纳感受到那种遗憾，我已经提前与之无缘了。

北京城，作为一个具体的图形，它的边缘参差不齐。现在，由于市政府向东迁移到通州，这座城市的东郊迅速开始变化。七年之前，我第一次来到宋庄的画家村小堡，晚间穿过当地的巷子，偶然地发现，到了十点之后，路灯全部熄灭，整个街区便一片漆黑。这种印象过于深刻，正如塞利纳所言"茫茫黑夜漫游"。在七年之间，我去过宋庄很多次，最近一次去在今年夏天，发现那里到处都在重建，路上有很多卡车经过，满是灰尘。这就是北京"城市副中心"东移的结果之一，一个曾经那么宁静的画家村，由于地价上涨、商业渗透等等，它可能渐渐就要成为历史了。

成为历史的，不仅是公共事件，还有我们作为个体性存在的诸多记忆。在前面提到的七年里，我每次去宋庄，几乎都是去访问她——我的姑姑，画家江满芹。茫茫黑夜漫游的那一次，她正好不在北京，我独自在她租住的小院待了几天，作为一个初到北京的文学青年。在一种降临性的孤独氛围里，我在屋子里看她的画作——事实上，那是她自觉地成为职业画家之后的第一批画作。半年之后，我正式到北京工作，最早的一周，暂住在她朋友潘漠子的"潘安大院"里。后来，我在朝阳的定福庄住了三年，那些时候我定期去宋庄，去看她的绘画作品和生活近况，关于宋庄的餐馆，曾有一度我也能如数家珍。

当然，作为一个画家村的宋庄的繁荣，也是历史上未曾有过的事情。我曾读过诗人胡续冬回忆歌手张慧生的文章，深深地受到感动。"在某一年，画家们像蝗虫一样纷纷从圆明园迁移到了宋庄。"在张慧生与众人的一张合影中，我认出了青年时代的当时还是长发的艺术家四毛，而现在，四毛是江满芹常常参加的小规模画家聚会的核心。在一次午饭喝了点酒之后，四毛走到桌前开始用毛笔写字。我走过去，看到他所写的是："这一年我永远不能遗忘／这一年我多么怀念刚刚逝去的老娘"。这正是黑大春诗作《圆明园酒鬼》的开头。在我的想象中，圆明园是北京的最西边，是属于黄昏的地方。

无论是圆明园画家村还是宋庄画家村，也许都是某个面目可疑的永恒面前的匆匆过客。但在时间的阴影之下，短短几年里，江满芹渐渐成为一个真正成熟的画家。在 2009 年我第一次到访宋庄之时，她刚好完成了自己的第一批作品。那是一系列的肖像画，我想，模特大多数都是她自己。当然，在这一批画作中，"我"是谁也许并不重要，重要的是她的哀乐喜怒。分辨自己的个人情绪，这正是江满芹绘画创作的开端。

2010 年到 2013 年，是她的第二个创作时期。从这时候开始，她成为一位抽象画家。我想称江满芹的这个阶段为她的"表现主义"时期：灰暗的色调，犹疑的图形，它们带来模糊难辨的意义。模糊难辨同时也意味着，在这个时候，她对艺术意义的探索是艰难的。当朋友们来工作室拜访时，从这些画布上可以一望而知，她当时的生活状态并不好。她的画强烈地表现了自己的心境。

但在这批画作中，她确定了自己最初的、也是基本的美学气质：朦胧的、含混的、非理性的。尽管它们并非一眼能认出的杰作，但是她个人化的绘画语言已经形成了。那时，她只相信自己的直觉，那直觉甚至是"歇斯底里"的。"歇斯底里"常常被认为是女性气质，但事实上，那是我们所有人心脏之中的一块区域。江满芹的画作恰好踩在那个位置。

巴塞利兹曾说女性不懂得绘画，科塔萨尔也曾开玩笑地将他的读者分为雄性和雌性。但他们恐怕也必须承认，在直觉上，女性可能更加敏锐。在江满芹身上，这一点并非刻意为之，因为在生活中，这甚至是她的性格缺陷。但创作和生活往往是互相反对的——生活中的情绪变化，却成为她创作中最坚固的部分。

不能不提到那时她常常放在案头的两本书：一本是洛特雷阿蒙的《马尔多罗之歌》，一本是尼采的《查拉图斯特拉如是说》。读过那两本书的人，应该会对其中的语言张力留下深刻印象；而那种漩涡式的张力，被她引入了自己的画作。她曾对我提及，当时她创作了一批定名为"太阳·大地"的系列作品，里面就直接地出现过尼采的"火狗"形象。那时构成她文学阅读谱系的，还有《佩德罗·巴拉莫》《哈扎尔辞典》《散步》等小说。在接受诗人陈家坪的一次访谈中，她也谈到，在那个时期，她是在"用撕裂的方式表达爱"。而每次我问她具体图形的可能意义时，她都会说，在它们之中没有任何具体的意义。我理解，她宁愿保留那种模糊不定的状态。

显然，创作这样的作品，反过来当然会再次影响到她的生活状态。有一度她总是感到身体不适，尤其是感到耳朵痛，听力甚至受到了一定影响。她知道，自己的那种创作状态不能一直持续下去。为了自我调节，她停止了一段时间的油画创作，转而像玩游戏似的，做了整整一个冬天的木雕。这些木雕随意、自在、光滑，有点像庄子所描述的某些物件。她的朋友们也都很喜欢这些木头玩意儿。

也许正是玩木雕的过程，使她从紧张变得松弛；也引导了她重新思考自己对造型的理解。2014年的某一天，我去她的工作室吃午饭，一进门就看到，她的画布上刚刚出现了一种全新的形象。这完全不同于她之前的风格，我在观看时非常兴奋，脱口说出了一个名字：德·斯塔埃尔。但是她告诉我，自己从未看过这位欧洲画家的作品。这一系列的方块，是偶然地、但又自动地来到她头脑之中的。我仔细辨别，它们与德·斯塔埃尔的有某种相似，但又显然地不同。我明白，她从那时起找到了一种确定性的心灵秩序。接下来的一年里，以这几个方块图形为原则，她又创作了一系列的油画作品。观看者也许会明白我为什么在本文开头提到本·尼克尔森的"沉静的逻辑"，因为在江满芹的这批作品中，也有着相似的气质。

明显的转变是，在这个过程中，她之前标志性的浓烈变淡了，变得含蓄、缓慢。这"第三阶段"的作品，画面感不如之前的作品那么沉重，但却变得恰到好处。她的作品形式、她对色彩的把握，都已经形成一种全新的、独特的、风格性的存在，使人感到愉悦。她现在娴熟地使用雅灰色，也间或地使用几种最明亮的颜色。

将德·斯塔埃尔与她比较，当然是不合适的；毕竟前者是已经进入艺术史的经典画家，而江满芹的艺术探索才刚刚开始。但我把握了这一点：江满芹是原创性的、自生自发而成长起来的当代画家。作为她的家人，我清楚地知道，当她放弃白领工作，从上海前往北京宋庄的时候，她的生命起了怎样的变化。茨维塔耶娃曾经这样描述一座孤岛：一场地震之后，它从海中女仙那里冒了出来。重新回头来想想，要成为一位艺术家，最艰难的是最开始的时刻。

接近她的人都知道，她的性格简单、直率，但又敏感于一些细微的事情。成为一名画家，不是她的职业选择，而是生活不由分说地强加于她的，是不可避免的。2009年的时候，我在她的书架上随手翻阅，那里正好偶然地有一本《月亮与六便士》。顺便地说，那时候的我自己，也已经决心成为一位诗歌写作者，那时候的我刚刚读过《纳尔齐斯与歌尔德蒙》，还有毛姆的另一本小说《刀锋》。

自生自发也是指，她的绘画动力，并不来自于外在的学习。她的工作室里，仅仅只有德·库宁、塔皮埃斯、莫兰迪，以及一位不知其名的德国画家的画册。这是她的长处，也是她的短处。她的全部绘画资源只是她的生活，她的个人经验。她曾经着重地跟我强调过，她不愿意受到任何别的画家的影响。当然，到现在，事情可能有了一些变化，但她的个人创作基础，已经被深刻地奠定过。

此外我还觉得，江满芹与德·斯塔埃尔的小小相似，也许并不是偶然的。自从 1980 年代国门重开，中国的当代文化史以最快的速度重演、缩编了西方的百年当代进程。尽管，这个过程是仓促的，它的有效性已经被广为质疑。然而，我们还是能够看到，一种人们已经在历史上见识过的情境，在中国再现。我们的文学、艺术话语，很多都是从西方漂流而来。在当代文学和艺术史上迅速占领标签和高地的，往往都是那些第一批模仿西方的创作者。只是，他们虽然收获了一时的成功，但也迅速地失去价值；这是当代中国难以避免的、也已经跨过去了的进程。到了江满芹这一代人，他们的创作虽然已经并不是模仿，但难以否认，他们的作品当然是由模仿而形成开端的当代中国艺术史派生出来的后继者。所幸他们也更有余地来决定自己是谁，将走向何处。

而不光是在艺术与文化领域，在更广泛的社会生活等方面，中国的土地上似乎也在重现着某种19世纪末的影子。据说，如今在华北地区出现的雾霾，也曾经让英国在工业化后期深受其害。我仿佛看见，在中国与西方之间，存在着有意思的"时差"。如果说哪里还会出现梵高式的艺术命运的话，那么它出现在我们这里的可能性更大。

根据零星的阅读经验，我知道，西方的艺术史已经"终结"过一次了。它比我们普通人更期待终结，期待弥赛亚的到来。在终点之后，艺术家们都去忙什么了？约束已经解除了吗？江满芹和她的朋友们，都已经置身于那个"历史"之后的空白中了吗？或者，微妙的时差使得他们处于某种已经被确知的、但却延缓到来的终结之前。我无法判断，在经过八年的画家生涯之后，江满芹的创作已经达到了何种高度。但是在昏昏沉睡的艺术史之梦中，她的道路还很漫长，她的自我呈现还仅仅只是刚刚开始。

去年，我曾在同乡诗人祝凤鸣先生的诗集《枫香驿》的封底，读到这样的评价："祝凤鸣的诗，有一种古典压力下的自由风范"。同样地，我多想引用这句话来形容已经暂时成型的江满芹。在她最新的这批画作中，在艺术的当代形式中，她保持了某种与古典有关的审美意识，它们是庄重的、矜持的、有秩序的。尽管在这里，这个古典有可能是集体无意识，也有可能是一个空无的东西。

除了油画之外，她还创作过一些木刻版画，也画过一些小尺寸的纸本画，它们也都已经得到了朋友们的肯定。其中，木刻版画是她在"第二阶段"的作品，它们同样有着直接、富含力量的风格。而那批纸本画就创作于近期的"第三阶段"，它们越来越洗练，其中有一幅，我觉得它几乎有常玉的气质。那是一幅小小的滴水观音图，我非常喜欢，如今已经被她的朋友买下收藏。行文至此，我终于记起，那位如灯塔一样竖立在海岸上的常玉，他曾经是如何优雅而艰难地，将他的传统从心中拓印到画布上。

2016 年 10 月 21 日

关于光的寓言

有时我想，我们的处境和第欧根尼是相反的。在少年时期，我们充满了求知欲，但它往往被混沌包围，你既身处黑暗之中，手边也无一盏照明的灯笼。不过，我们与第欧根尼一样敏感，在夜晚，你将准确地辨识出光，而与此同时，诗人也正提着灯笼寻找你。于是在这里，我们遇到了一行诗："那光必使你抬头。"

这样的诗句，恍惚间你会觉得似曾相识。简单、明净，然而包含某种启示，阅读者仿佛听到来自童年的呼声。直到几年之后，你才会逐渐意识到，它来源于某一位真实的诗人。诗人的名字叫做孙磊。

孙磊的诗打动读者，正是以那行诗所描述的方式。我曾是一个逐渐抬头的人，作为年轻的写作者，我遇上孙磊的诗，是一个当代故事。2010 年夏天，我二十四岁，沉默地生活在北京东郊。某天晚上我在网上查找一些诗歌资料，看到了一首《雨夜》。这首诗开头写道："取决于意志，呼告。／每夜陷入软弱，每夜转移对奇迹的注意……"这是一个关注量极小的博客，叫做"一天比一天更长"，几乎没有人关注和留言。我很快地看完了这个博客上所有的诗，并且明白，这是一位隐匿的、然而极为锋利的当代写作者。我不知道这位诗人是谁，但牢牢地记住了那首诗。

在这里，我应该把这个微小的故事讲完。2010年秋天，我离开北京前去上海，形成了生活中的急剧变化。临行前的一切都被我忽视，包括刚刚读到的这位隐匿诗人。但一些日子之后，那印象还是在生活的水面上浮起，我曾好几次后知后觉地，在网上再去搜索那个博客和那首诗。可是，我再也没办法找到它们，仿佛某种挥袖而去，这里几乎有一份神秘。

也许在这些年，我经历了真正意义上的中国梦，因为时间和地点即将变得混杂。2012年初冬，我从上海回到北京。甫一回来，我就记起了两年前的经验，并且接续上了它。我在办公室的电脑上重新搜索，这个博客和这首《雨夜》，竟然立刻重新出现在我眼前。或许是因为北京和上海的网络有差异，也或许这就是简单的偶然。这次我知道，必须找到这个诗人的名字。最后，我在"影响力中国网"上查到了这些诗的主人：孙磊。

按照我的阅读顺序，接下来的几首诗是《取向》《绝境》《存在之难》。"它们的寂静。／迫使我的尊严凉下来。"我曾在下班步行的路上反复地想起这些句子。"一只灯泡，在我手上。／像梨汁，在盛夏的腐烂气息里。"后来我看到了另一位诗人、画家魏尚河的绘画作品，他那儿同样反复地出现一只灯泡的形象，我察觉到其中隐微而隽永的含义。"在望京。时光被反锁在／众人的肺里。"我想象到，行吟诗人如何在望京的某座过街天桥上停驻，正如那个时刻的我无意识地走在定福庄的某盏路灯下。

现在我知道，我所阅读的是 2009 年的孙磊。每个人都无可避免地是历史性的存在，身在旅途的我，在移动的车厢里看这永恒的风景。以后我会意识到，这位重要的诗人以隐匿者身份出现在视野之中，这是我的幸运。与此同时，我留意到那句著名的、本文开头即引用到的"那光必使你抬头"。

2014 年初夏，我因为参观诗人、画家王艾的画展，第一次见到了孙磊本人。他的平缓与温和给我留下了印象。在东五环一个偏僻的画廊里，王艾的画作浓郁、繁复，但我的目光引我意外地走向画廊侧厅，看见墙上挂了几幅小小的水墨画，那笔法同时显得淡然和凝重。工作人员告知我，这是孙磊的画作。

那天孙磊给了我一本他的画册《转喻》，以及一册薄薄的精致诗集《处境》。我非常喜欢那本画册，它的风格和主题几乎是我所曾设想过的某种形式，但正好是孙磊将它表达出来了。在一个月之后，我为这本画册写了一首诗，也叫作《转喻》，里面写道："画布上的褶皱多么孤僻。／怎样的境遇造就了此地和此时。"而诗集《处境》里收集的正是我最早接触到的那批孙磊诗作，语调缓慢而节制。关于这本册子里没有收录的《雨夜》，我随后为它写了一则短评，其中说道："但确实该在夜里读这首诗。窗外稠密的事物审视着我们，'有时它化身为提着灯笼的第欧根尼'（希尼语），有时它就化身为漠然的雨滴。"

早在这之前，我就试图买一本孙磊的诗集《演奏》，然而它出版得太早，根本买不到。我只能零星地在网上读他的一些诗。于是我找到了《相遇》组诗，末尾标记有写作日期，1998年11月。它们的形式略微相似于里尔克的《致俄耳甫斯的十四行诗》，那是所有年轻诗人的写作梦想。而至于它们所讲述的诗意，让我觉得几乎无可挑剔：纯正、幽暗、直面真理。在我的视野范围内，能够在这种精神强度上施展技艺的当代作者，非常之少。可能个别篇目的意象过于繁多，那也像是林中的果实太过沉甸，压低了枝条，或者落到了地面。

我也找到了那个博客标题的出处：《一天比一天漫长……》。这首诗是《相遇》组诗中的最后一首，也是我最喜欢的一首。"但封冻让我讳莫如深，说一句专注的话，／就能说穿一年的花事。只是必须说得适当，／光亮才能渗入花蕊，才能闻到它／彻骨的芬芳和寒凉。"这样的比喻，典雅、庄重，而其中的深邃和曲折，如同古老的李商隐、晏殊或姜夔。必有一种经验，是一以贯之地存在于我的阅读之中、形成脉络的。

也许这个关于诗人和读者的故事，在我们中间一直重复地发生着。2015年初，因为巧合，我为宇向的诗集《向他们涌来》做责任编辑，她和孙磊同为优秀的诗人，尽管他们的诗有着不同的风格。到了夏末，由于受到友人光昕和《诗建设》的泉子兄邀请，我得以在这篇文章里讲出这个小故事，偿还这海子式的"麦地和光芒的情义"。我将能够找到的孙磊早期诗歌全部打印出来，做系统性的阅读，泉子兄也发来了孙磊的近作。而同时，我在孔夫子旧书网上查找孙磊的《演奏》，发现有一批库存样书在重新出售，我于是买了两本，另一本送给了朋友。

事情确实如同孙磊在诗中所引用的西蒙娜·薇依的格言，"对光明的渴望就会产生光明。"关于孙磊诗中"光"的意象，诗人一行、阿九等人的评论都非常精微、中肯。孙磊将《那光必使你抬头》放在诗集的第一篇，他用一个很高的音调开始了演奏。而我的阅读线索恰恰与这相反，前文已经呈现出来：从他的2009年回到1998年，再停留在1994年到2004年之间的漫长河滩。

诗人范静晔在文章《将文字演奏成诗》中，谈到关于写作的自然进步论，认为它是一种误识。当然他同时确认，孙磊写作中的进步，存在于技艺维度。我认同他的这两个观点，如果按照顺序阅读诗集《演奏》，那么它的音调是在逐渐降低的；这与他技艺的凝练是并列发生的。

在今天，反对进化论的声音已经十分常见。不过，在历史的一定范围内，确实存在着进步。青年诗人张杭认为，如果生于1980年代的诗歌写作者比他们的前辈拥有某种优势，那么这优势就是80后作者所接受的象征主义训练。在读完孙磊的诗集《演奏》之后，我觉得自己看见了汉语诗歌在十年间的变奏过程，这个过程往往是隐而不显的。值得注意的是，孙磊自己谈到，在这两首诗之前他还删去了大量的作品。留存下来的早期诗歌《那光必使你抬头》和《那人是一团漆黑》，为他自己作出了定义式的宣言。然而2010年代的年轻诗人们，很难再用一连串祈使句去写诗，这正是文学史的风尚演变。

可是，孙磊作为一个训练者，他"完成了"（我在此加上引号，因为这是里尔克在写完杜伊诺哀歌之后，于信件中的措辞）。因为在我看来，在孙磊身上呈现的不是当代诗歌二十年技艺的积累，而是漫长中国文化中精神内核的凝聚。因为包含了启示性和超越性，他的写作也并不需要依赖于技艺。一个诗人的本质，在去除掉语法的屏蔽之后，它依然存留。

在孙磊的2010—2015年新作中，我能辨认出2009年前后《存在之难》和《雨夜》风格的痕迹，也能辨认出2002年《布衣女孩》和《3月29日的黄昏》的痕迹。痕迹；是的，确实有某种巨大、沉重的事物，从他这里经过。相比于《相遇》组诗，我并不着迷于他最新的作品，然而它们让我感受到某种短促的呼吸，也如这其中的句子"故乡作为刀使人越来越冷"。我的理解是，这种刀片式的写作，对于孙磊是一种暂时的纾解。他的诗学才华还只是来到了中途。

　　我不知道，称他为"最后一个浪漫主义诗人"是否合适；但对我个人来说，至关重要的是，他是最好的几位当代中国诗人之一。回想一下他营造出来的关于"光"的氛围。"深夜遇到光芒，一下子我感到众多的星辰里／我不是一个生人。"（《演奏》）"街上依然有淬火的声音／打着比去年更清脆的节拍"。（《短歌·永恒》）"在说话之前，要先点一盏油灯……要说一个朴素的词／要说：光明，一切就挪出了阴影"。（《朗诵》）

　　事实上，我自己是同样与"光"有缘分的写作者。在我的一首诗中，我曾谈到自己开始"观察邻人的光"，后来那也成为我诗集的名字。在写作那首诗的结尾之时，我坐在顶楼的黑暗房间里，真切地想起了柏拉图的《理想国》里关于洞穴的比喻，而在完成之后，又记起了少年匡衡对于光的渴望。而在另一首诗中，我在避雨时直视黄色的灯笼状的落叶，并认识到"这一点光就够了"。我知道自己是孙磊的一位回应者。

　　从古代宗教里关于光的神秘解释，到现代思想家薇依的只言片语，这条线索是散漫的。我曾借助沈从文在小说里无意间提到的一句"携灯夜行"自勉，后来我意识到，孙磊的诗在转喻之后当然成为了灯盏。无论如何，辨识诗人是一件艰难的事。在本文结尾，当我需要再次确认他的形象时，我得让自己想象，夜幕再次降临中国，城市和乡村重新被迷雾封闭。在那之后，真正的光源自然会显示出来，也许它的形状，如同诗人所说的"最初的沉痛"。

2015 年 9 月 7 日夜

第三辑

福楼拜，或事物的面貌

1

去年夏天我曾在宋庄美术馆看过一场电影，放映的是《被嫌弃的松子的一生》。日本姑娘松子，小时候总是被父亲责骂，留下心理阴影；而长大后在与别人的恋爱关系中，一次次地陷入各种困境；与她相处过的男性们，因为各种原因，每次都离开了她。然而，松子从没有停止去爱他人。最后一位男友在拒绝了她之后，猛然醒悟说，"只有上帝才能像松子这样地去爱别人。"

这个故事似曾相识，随后，我想起了福楼拜的《淳朴的心》。这种拾级而下、逐步坠落的步调，这种心理结构，可能已经先验地存在于我们的头脑中。而《松子》的导演中岛哲也，和19世纪作家福楼拜，他们在一切坠落之中准确地把握住了它。

极有可能，那位日本导演是福楼拜的读者；中岛是我们的同时代人，而福楼拜长于我们一个半世纪。我步行回到住处，摊开福楼拜文集。在我们的情感接受教育的时候，我总是需要回到经典之中；它们就像缚住尤利西斯的桅杆，使你确定自己的位置。

我再次复述《淳朴的心》，它是短篇集《三故事》中的第一篇。女仆费莉西泰是个孤儿，从小寄人篱下。十八岁时，有个男人追求她，可最终却因为逃避兵役与别人结婚，离开了她。从此她进入了封闭的成人生活，到欧班夫人家中当女仆。她先后将自己内心里多余的爱意倾注给主人的女儿维尔吉妮、自己的外甥维克托，但他们俩先后离世。后来她得到一只叫做鹭鹭的鹦鹉，然而，鹦鹉不久也死了。她按别人的劝告把它制成了标本，继续留在自己身边。在女主人也先于她而去世之后，她孤身一人，在临死之前，她把自己最爱的鹦鹉标本献给了教堂的祭坛。"她恍惚在敞开的天幕里，看到一只巨大的鹦鹉，在她的头顶翱翔。"

我概括得很简单——但这故事拥有典范性的情节。所有的故事，都是在讲同一个故事，它们都来自于宇宙起源时的爆炸；但它变换自己的样貌，戴着不同的帽子向我们走来。我想继续复述故事们，这一次它转自卡尔维诺。

在《新千年文学备忘录》中，卡尔维诺引述查理曼大帝的故事。查理曼晚年爱上一个姑娘，姑娘死去后，他下令把涂了香膏的姑娘遗体搬进寝宫，寸步不离。大主教图尔平怀疑皇帝中邪，坚持要检查尸体，果然在姑娘的舌头下面发现了一枚指环。但是，指环一到大主教手中，查理曼便爱上了大主教，草草埋葬了姑娘。为了摆脱这局面，大主教把戒指扔进康斯坦茨湖。查理曼从此爱上那个湖，再也不愿离开湖岸。

卡尔维诺称这个指环为"叙述线"，"在各个插曲之间建立逻辑上的因果关系"。我在《被嫌弃的松子的一生》和《淳朴的心》之中也找到了这枚指环，它是：人类与生俱来的对他者的爱意。

2

愿我们也能将那爱意扔进湖底，可惜这很难办到。除非一个终结在等着我们，像《三故事》中第二篇《圣朱利安传奇》的结尾，救世主耶稣亲自来临人世，紧紧抱住善者升入天国。这个结尾同样出现在王尔德童话《自私的巨人》之中，后者的基督形象带有孩童气息。这是匠人们的艺术，例如在果戈理那儿，飞上天空的方式则是坐上火马车；而在尤瑟纳尔那儿，老画家用画笔画出大海和小船，然后悠然乘船远去。

我们的爱意无可解释；我们的其他欲望同样如此。朱利安拥有一个希腊化的早年，那是狄安娜和俄狄浦斯的世界；然而他的晚年降落在基督教，在一切事物之中，只有最严格的苦修认出了他。唯一的转折只能来自于超验性。

基督可曾去看望过灵薄狱中的索福克勒斯，甚至是俄狄浦斯？在福楼拜的时代，历史已经被认为是在逐渐进步的。但这也许不是他所关注的事物。对比福楼拜的另一部作品《圣安东尼的诱惑》中的激情，在行文风格的区别中看得出这样的改变痕迹：作者清扫去了多余的事物。

然而，我着迷于朱利安升天的那段描写。层层叠叠、斑驳有序，通过叙述的节奏，作者一步步地揭示出美感，这样的文字篇章，好像莎乐美的七层纱衣。

3

如同克里斯托弗·马洛在歌德之前写浮士德一样，福楼拜也在王尔德之前写到莎乐美。在三故事的最后一篇《希罗迪娅》里，这位往后将变得家喻户晓的姑娘，还处在她的前夜状态；在那次著名的舞蹈之后，在向希罗特提出要求的时候，她甚至还说不清楚约喀南的名字。确实是需要经过文学史的艰难练习，她才能在王尔德那里准确说出它。

写作永远无法成为一门科学；但福楼拜是一位科学家。在文本中，所有语句的质地都被称量过，犹如巴勒斯坦地区的砾石。他的写作方式会带来一连串的结果，从卡夫卡到阿兰·罗伯—格里耶。

在现代南斯拉夫作家安德里奇的《特拉夫尼克风云》一书中，各种人事紧紧相互纠缠，呈现在一张被固定的画布上。《希罗迪娅》正是类似作品中的典范，每一位人物都带来关系网之中的一个线头，在这一切之中，我们区分出称其为"民族""宗教""利益"和"情感"的各种事物。但福楼拜在这种时刻，又轻飘飘地扔下了它们。他的桌上似乎还缺少一块镇纸的石头——这也是为什么《圣安东尼的诱惑》无法成为《浮士德》那样沉重的作品。

他也许知道自己处在某种旅程的中间，离开端和结束都很遥远。

4

1924 年，奥地利作家罗伯特·穆齐尔出版了《三个女人》，文本结构与福楼拜的《三故事》如出一辙。穆齐尔说，

"中篇小说……是某种突然向他袭来的东西"，相较于德语文学的"Novelle"传统，他离法国人福楼拜距离更近。1940年初，我国作家沈从文写作了短篇小说《王嫂》，王嫂是一名帮工，生活在抗日战争时期的中国内地，身份和费莉西泰类似，但她们的淳朴却有很大的差别：王嫂的女儿在一次不幸中偶然去世，但王嫂在生活中仍然一切照常，心存古老的价值观"生死有命"。沈从文写道，"一切事都简单具体，使这个简单的人生活下来觉得健康而快乐"。

而"费莉西泰在她一堆杂七杂八的零碎物品中找到了慰藉"；这句话我引用自英国当代作家朱利安·巴恩斯的《福楼拜的鹦鹉》。我接着引用那本书中的句子："随着费莉西泰最后的心跳，故事渐渐接近结尾，'就像泉水在干涸、回声在消失一样'。也许，大概那就是事物可能有的面貌吧。"

2015年5月29日

穆齐尔的"迷魂汤"

　　我曾是穆齐尔小说《三个女人》中文译本的编辑。在寻找这本书的外文资料时，我注意到，穆齐尔的英文译本里有一部《五个女人》。当时我没有去甄别两者的不同，直到今年夏天，中文世界里又新引进出版了一部穆齐尔作品《两个故事》。拿到书之后，对着它蓝紫色的封面，我突然意识到，两年前我所注意到的《五个女人》，原来是《三个女人》和《两个故事》的合集。

　　《两个故事》由两个短篇小说组成，分别是《爱情的完成》和《对平静的薇罗妮卡的诱惑》。它初次出版于1911年，在《学生特尔莱斯的困惑》（1905年）之后，在《三个女人》（1924年）之前。这几部小说都属于穆齐尔的早期作品，在它们中间，无疑存在着穆齐尔的写作脉络。而在这儿，虽然名为"两个故事"，但它们的故事性非常微弱，它们被写出来，是为了描述人的生存状态。它们看起来像是从一部长篇小说中截取出来的两个章节，不过那部长篇小说并不是《没有个性的人》，而是你所能想象的某种更宏大的事物。

第一个故事《爱情的完成》以中年女性克劳蒂娜离开家庭前去看望寄宿的女儿为背景，描述了她的一系列心理状态。克劳蒂娜与丈夫分开之前，曾经设想过某个不确定的第三者的存在；而在旅途上以及在女儿学校所在的那个小城里，一位陌生人成为她可能的婚外情的对象，作为对他的行动的回应，她生存状态的水面出现了一系列波纹。在小说结尾，作者写道："相当模糊地——像儿童说上帝伟大那样——她对自己的爱情有了一个概念。"这是对于篇名的回应，它是复杂和艰难的。

戏剧性的场面出现在小说的最后几页。克劳蒂娜在旅馆中自己的房间里，感到陌生男人站在房门之外，她被诱惑驱使，蜷伏在地板上感受那种气息。然而当她终于决定去打开门闩的时候，外面却没有人。到了第二天晚上他们终于共处一室，男人即将占有她的时候，她又开始退缩，并终于将她的状态表述出来："……只有一条线是人们需要越过的。我想吻您，然后迅速跳回界线那一边去，朝这边看看。然后我再跳回来，回到您身边，反反复复。"

这就是克劳蒂娜获得快感的方式，"好像她把自己献给每一个人，而依然还专属于那个她所爱的人"。在一部大约同时代的俄罗斯小说《可卡因传奇》里，有着类似的场景。青年男子在初次吸食可卡因之后，发生了一系列剧烈的心理活动，"整整一夜就是在这种双重的状态——进行时令人痛苦的漫长感和完成后那种幽灵般的瞬息既视感中度过"。施尼茨勒的《梦幻故事》也涉及类似的主题，同样是一次无意的出走、离开家庭，却进入了一个奇异而又充满危险的世界。某种诱惑物是那个世界的核心。

这些故事的一个源头是浪漫派作家 E.T.A. 霍夫曼的《魔鬼的迷魂汤》，修士梅达尔都斯反复地被邪恶的命运诱惑，屡次落入它的深渊。霍夫曼在写作时广泛研究了 19 世纪初的医学、心理学著作，将它们应用到了文学创作中。同样地，在穆齐尔或者施尼茨勒的作品中，读者也能够想起弗洛伊德和荣格的影响。

第二个故事《对平静的薇罗妮卡的诱惑》中有三个形象，薇罗妮卡、约翰内斯和德梅特尔。故事的背景并不清晰，他们的身份在雾气中飘荡，薇罗妮卡一直处于择偶期，她与约翰内斯已经有着确定的关系。但约翰内斯即将离开本地。约翰内斯象征着文明和理性，德梅特尔是某种兽性和威胁，而他们是兄弟。这也许发生在奥地利的某个外省，他们是"全省最古老的家族"。

与沈从文的"翠翠—天保—傩送"式的关系不同，薇罗妮卡等人一直处在"诱惑"之中，这个主题与《爱情的完成》是一致的。约翰内斯最终离开了本地，在无序的思想中，薇罗妮卡先是担心他在旅途上的安全，可是后来在精神压力下，她暗自希望他已死去，这样之后她才能疲倦地睡去。小说结束前，薇罗妮卡和克劳蒂娜一样，在夜间脱去衣服、蹑手蹑脚地站到房间门口，倾听外面任意一个男人路过的声音，这种幻想让她几乎剧烈抽搐。

可以看到，这就是穆齐尔捕获的戏剧性的焦点。他研究了在不同的情境之中，两位女性是如何分别到达同一个终点的。当然，两个故事中的种种过程，同样是作者思辨的重要部分。显然地，在行文风格中，她们是从前的特尔莱斯，也是以后的乌尔里希。穆齐尔把比喻作为工具，将其视为某种现代科学式的方法，去接近人的存在，进入"人的心理活动空间"这座巨大的建筑。

这些比喻的作用类似于数学公式。穆齐尔不再是讲故事的人，他宁可用抒情诗的笔法来构建一个个比喻，用它们来连接起段落。卡尔维诺在谈论文学的"精确"时即以穆齐尔为例，讲到《没有个性的人》的主人公，"其富于哲理和反讽的思想也是在精确与缺乏明确这两极之间摇摆"；尽管乌尔里希的这种追求精确的热情，"注定要遭遇到失败"。

　　　　　　　　　　　　　　　2015 年 10 月 7 日

熟知死亡的人

"死亡猜你的年纪"，这是我国诗人张枣的一句诗。我们的世界以这种方式呈现：每一种死亡，都已经蕴含在其出生之中。也即拉丁格言 memento mori：须知你终有一死。在死亡之前——在你的年龄被固定在指针上之前，这一切便被称为生。

丹尼洛·契斯熟知各种死亡（——像法国诗人耶麦熟知各种少女们的生活），他对指针的停滞了然于心。而这也意味着，他熟知各种生存。在格林童话中有这样一个情节：一个孩子被带入一间地下室，看到那儿有成千上万支蜡烛，有的高，有的低，有的刚刚开始燃烧，有的即将熄灭；我们被告知，那是每个人的生命蜡烛。契斯的作品集，就像这样一座地下室；他的每一个故事，都是一支蜡烛。

《死亡百科全书》也描述了这样一个房间。在斯德哥尔摩的一座如同地牢的图书馆里，所有死者的档案都被放置在其间，主人公按图索骥，在 M 栏找到了已经死去的父亲的资料。于是，父亲的一生——1910 年到 1979 年间，南斯拉夫社会生活的诸多截面——事无巨细地呈现在他面前。那本大百科全书，让我们想起博尔赫斯所描述过的"阿莱夫"，在布宜诺斯艾利斯一幢房间的地下室里，通过它可以看到整个宇宙空间。

与美国小说《八百万种死法》的区别在于，契斯保持着对形而上主题的关注。在《睡眠者的传说》中，三位睡眠者睡了三百年之久。梦游的民众将他们抬进城里，头顶上摇晃着蓝色的光。对于那蓝色光线的敏感，使得契斯首先是一位诗人。

他心中留存细微的童年经验，在小说集《栗树街的回忆》里它们俯拾皆是。一头叫做阿橘的母牛走丢了，我们为了寻找它直到日落。而过些时日，一位爱慕者将在窗下拉小提琴，为了我们的姐姐安娜。及至雨后，家人在林间欣喜地拾到了一大片蘑菇，却被邻居告知，它们全都有毒。类似的描述，在捷克作家克里玛的短篇故事里也可以看到，他们同样经历了带有纳粹阴影的童年。

契斯出生于 1935 年，他是波兰作家布鲁诺·舒尔茨的晚辈。使这两位犹太人形成传承的线索，也在于他们都拥有"寻父"这个主题。在《来自远方的人》中，男孩固执地向一位过路人询问，是否见过他的父亲。他逐条描述父亲的特征；只是犹如契诃夫笔下的凡卡，他们都只能得到一个荒谬的答案。最接近于那位波兰犹太人经验的故事发生在《来自丝绒相簿的几页》：母亲编织美丽的毛衣出售，却被别人模仿去手艺，最后只能放弃这份工作。夜间手工劳作的母亲，和肉桂色铺子中的舒尔茨之父拥有相同的精神气质。她无法成为白日编织线团、夜间再拆散的珀涅罗珀，因为她和儿子所等待的那个人，再也无法归来。契斯的父亲死于纳粹集中营。

外部世界不可避免地控制契斯的生活。那一代东欧人，几乎经历了20世纪最复杂的历史经验。在小说集《达维多维奇之墓》里，有时候我们可以认为，是历史天使在用契斯之口说话。这些从未来回顾废墟的故事：宏大的场景转换，以及叙述细节中极力达至的准确；但最终击中阅读者的，是来自于时间流变中人的清晰命运。被两头极权怪兽轮流驱赶的命运。

在西欧，女作家尤瑟纳尔的作品呈现出相似的历史视角，其《一弹解千愁》的背景同样发生在革命时期的俄国，选取茫茫永恒中的一瞬。于此意义上，文学家的工作与考古学家无异。在契斯的《红木柄小刀》里，东欧女孩汉娜·克日齐塞斯卡死亡时，轮流说起了罗马尼亚语、波兰语、乌克兰语和意第绪语。在放大镜之下，一代东欧人的生活轨迹清晰可见；死者同样也可能是策兰，可能是卡内蒂，或者是阿伦特。

中国大陆读者最早知道契斯，大多是通过《地下：萨米亚特随笔》这本书的译介。萨米亚特或者说地下写作，这就是契斯的政治立场，作为一个共产主义国家的作家。他曾写出一列格言，《给青年作家的忠告》，昭示自己的写作态度。

在《西门·马古》中，诺斯替大师西门向上帝进行挑战，最后失败了，其死亡非常惨烈。由于作者的二元立场，西门反抗上帝的途径也分成了两种，一是升上天空，一是沉入大地。叙述者在写作中并非全知全能，而是让西门与其对手使徒彼得——或者说终极性的上帝——各自陈词，如站在一个公正的法庭上。契斯根本无意判定双方的对错，而是让双方各自展示出对立的思想；这展示的过程，就构成了契斯的思辨。

米沃什在其《被禁锢的头脑》的引言中摘抄一条犹太谚语，说如果两人吵架，其中一人百分之五十五有理，那没什么可吵的。如果有人百分之六十有理，那胜利者得要感谢上帝；如果有人百分之七十五有理，那已经有点可疑。如果有人百分之百有理：那个百分之百有理的人，一定是个最大的恶棍。

东欧作家给出了他们在伟大光荣正确之困境中的宝贵经验。《达维多维奇之墓》是契斯经验极权制度的结晶，他叙述出一个俄国革命者如何被自己所效劳的巨兽吞噬的传奇故事。个体的悲剧不仅存在于"革命原则"与"自我中心"的致命对立，更多地，它淹没于那毫无道理的红色荒谬。难得的是，作为一个作家，契斯并没有让反极权的理念居于审美经验之上。他意并不在传道，而是保持思考以及随之而来的审美。

契斯作为"讲故事的人"，其技艺脉络处于一个未断裂的传统中。《机械狮》一篇，让人想起列斯科夫的名作《左撇子》，同样是言及西欧与斯拉夫的交往，图拉工匠们的手艺，在这里演变成了基辅委员会成员们的变脸术。《红木柄小刀》一篇，让人想起巴别尔在《骑兵军》中的叙事语调。《神奇的牌局》对于监狱生活的描摹片段，则会让人想起安德里奇的《罪恶的庭院》。

毋须赘言，丹尼洛·契斯是一位经典作家。只要听听这样的句子就知道为何，它来其自传体作品："让我们还是用第三人称来叙述。在这么多年之后，安德烈亚斯·山姆可能已不再是我。"不过，像米沃什一样，契斯"想到故我今我同为一人"时也不会感到愧疚。在铁托政府时期，他又肩负起了思考者的责任，孜孜不倦地呼唤民主。人类面对死亡的终极处境，和东欧政治环境对人性的摧残——双重光线照在他的身上。

《达维多维奇之墓》出版后，南斯拉夫官方指责他抄袭。我们不妨深入那篇小说的文本，那儿似乎预先给出了答复；在达维多维奇被捕之后，契卡在审判时为其编织出来一份谋叛组织名单。那么这张名单的内容，现在我们已经知道了，这就是："索尔仁尼琴、乔伊斯、曼德尔施塔姆、博尔赫斯、梅德韦杰夫兄弟……"而这个队列还在不断地扩大；这是一份思想家的谱系。

最后，让我摘引以色列诗人阿米亥的诗句来向契斯致敬：

我以绝对的信念坚信死者必复活，
就像一个人想回到一个心爱的地方，总会落下
一些书本，篮子，眼镜，小照片，只是为了
他能找一个借口转回来，所以死者
他们离开了生活也必会回来。
有一次我在秋雾中
来到一座废弃的犹太墓园，但死者并未将它废弃。

那个园丁肯定是花卉和季节的专家，

尽管他不是犹太死者的专家，

但连他都会说："他们每夜都在练习复活呢。"[9]

2014 年 9 月 30 日

[9] 引自耶胡达·阿米亥的诗《敞开关闭敞开》（罗池译）。

一本幽僻的书就像一颗彗星

一本幽僻的书就像一颗彗星，需要时隔二十多年，它才重新回到读者们的视野中。卡内蒂的《耳证人》就是如此，它上一次在中国出版是 1989 年，那时作者本人还在世。像我这样的青年读者，应该是在卡内蒂自传三部曲翻译出版（2006 年）之后，才认识、喜欢上了这位作家。最近，卡内蒂的主要作品译本终于结集再版，当然，2010 年代也已经过半了。

在漫长的文学潮流中，如果要为它找到文类归属，那么《耳证人》也许是一部薄薄的词典（是的，我想到福楼拜的《庸见词典》），它收录了卡内蒂摹写的五十种人的性格。同时我不知道，这种文体意识以及犀利的批判，与作者青年时期崇拜的卡尔·克劳斯是否有关系；因为无独有偶，本雅明在断片式的《单行道》里特意提到克劳斯，称他为"语言之墓的看护人，坚持不懈地日夜守卫着。"遗憾的是，卡尔·克劳斯的中文译介仍然很少，他的形象仍然沉浸在雾中。

《耳证人》还像是一本素描集，作者清晰、着重地勾勒出了人物线条。这种比喻的印象也来自于同时代的画家埃贡·席勒，他们都捕捉到了肖像的阴郁、扭曲和神经质。虽然席勒很早就去世了，而卡内蒂活了很久，但维也纳同时向他们提供了世纪末气氛。

这本小书里的篇目，可能是其他长篇小说中的边角材料。在他的早期作品《迷惘》中，里面的主人公学者彼得·基恩、女管家台莱瑟、骗子费舍勒和看门人巴甫，完全可以在《耳证人》一书中获得四个新增的席位。如果我们再往前追溯，他的自传中提到自己在构思《迷惘》之初，脑海里出现了八个人物："W 是我用来称呼说真话的人，Ph 是爱幻想的人……R，一名宗教狂热者，S 是位收藏家。另外还有一位挥霍者和一个死亡的敌人。此外还有 Sch，一个演员……最后还有一个书迷 B"。那时卡内蒂称之为"疯子的人间喜剧"，可以看到，这不仅是《迷惘》的雏形，当然也是《耳证人》的雏形。

当基恩被逐出家庭、流落到街头的时候，作者称他置身的环境为"没有头脑的世界"。很多年之后，卡内蒂在晚年出版《耳证人》时，这个描述依然是准确的。世界处于已知文明史的末端，这里有无比繁复的社会分工，和一批新的无用之人。大家的性格像树枝一样分叉，向任意一个方向伸展。

"高余冠之岌岌兮，长余佩之陆离。"性格如同衣服一样，也会变得岌岌或者陆离。"乐善好施者"的幸福是不断地输出信息，"名誉检验员"的追求是揭露骗子，"拖延专家"以拖延为乐，"畏光女"躲避日光和星光。在卡内蒂笔下，他们有一个共同点：永远对自己的癖好充满执念。他们不知自省为何物，当然也不会接触到虚无。

舍伍德·安德森在《小城畸人》的开端写道，"使人变成畸人的，便是真理"，"一个人一旦为自己掌握一个真理，称之为他的真理，并且努力依此真理过他的生活时，他便变成畸人，他拥抱的真理便成为虚妄。"这段话同样可以用来认识《耳证人》。与安德森相比，卡内蒂从不流露出自己对人物的怜悯。尽管在后记里他也提到，他惊异地在笔下的二十种性格里认出了自己。（这篇后记并没有收录进新版的译本中，而三联书店的旧版里留存了。）

我们能想象，卡内蒂一定曾深刻地厌恶自己，就像书中的"一无是处女"，还在《迷惘》中让基恩放火烧了书房和自己。在《耳中火炬》里专门辟出的一节，被作者看到的布莱希特是一个傲慢、功利的诗人，但同时卡内蒂又坦陈，相比于布莱希特的《回忆玛丽·A》等诗作，自己的作品只能跌落进尘埃和灰烬，于是他厌恶布莱希特的为人，却钦佩布莱希特的诗歌。这样的行文无非显示了，布莱希特可能是个怪人，但这位作者自己也不例外。包法利夫人也是卡内蒂。

他接着在后记中提到，自己所做的是将"构成一个人的某种成分彻底地赶到极端上"。仔细想想，在这五十种性格里，其实也有着那种"要么全有，要么全无"。"马厩幽暗女"只愿意与马儿待在一起，仅仅是为了独处，像卡夫卡写过的"饥饿艺术家"，他的饥饿只是因为找不到适合自己胃口的食物。只要开始思考，他们中也许就会出现新的诗人。卡内蒂坚持下来了，并超越了回忆录三部曲里所记载的个人生活。

令人感动的是，我在豆瓣评论区里读到一位书友"那里"的故事。1990年冬天，他在蒸汽机车上做一名司炉，一次到站后，他在小雪中的站牌下等公交车，这时对面路灯上有人推着三轮车在卖书。他买了包括《耳证人》在内的几本书，然后坐到车上开始阅读，借着车窗外忽明忽暗的灯影读到了收录在书中的《泪水司炉》。他的这篇文章叫做《耳证人：书里不会夹杂 1990 年的雪花》。我被这个故事震惊了，它记录了我们认出自己命运的时刻。

2016 年 3 月 19 日凌晨

清晨的澄澈

晚年的米沃什，如他自己在诗里所说，"走进了清晨的澄澈之中"。这个说法不禁让人想起但丁的著名比喻，在中年走进一片幽暗的森林。从幽暗到澄澈，又如同尤瑟纳尔曾在小说里描述的某种歌声，它可以不知疲倦地、无限地飘，一直飘到上帝那里，而人的整个一生，也可能会成为这样的攀升。

我们很难抵御这种关于"上升"的想法。诗人们在晚年写出的作品，会被自然地堆放在塔尖，这座塔由漫长的经验构筑而成。可是当米沃什经过漫长岁月，来到20世纪末端，他不得不发问，"天堂和地狱，都永远地消逝了？"来到自己生涯的尽头，他面临的问题是，存在于欧洲人潜意识中的"第二空间"，已经在观念世界里被废弃很久了。"让我们哭泣吧，哀恸损失的浩大。"

翻开米沃什的最后一部诗集，它即以第一首诗《第二空间》为题。在第二首诗《晚熟》中，诗人又说，"我知道，总是知道，我会是葡萄园里的一个工人。"根据译者周伟驰的注释，这个典故来自圣经中的《马太福音》，是耶稣讲的一个葡萄园主请人做工的故事，比喻进天国不论早晚，所得恩典都是一样的。此时诗人重新得到了稳固的"相信"，随着篇幅的展开，米沃什的诗里显示了天平两端境况的分别更迭，如同反复进行的度量。

不过，作为一位抒情诗人，他既不是克尔凯郭尔式的亚伯拉罕，也不是卡夫卡式的尤利西斯，这位老年智者的态度只能是："我尊重宗教，因为在这个痛苦的地球上／它乃是一首送葬的、抚慰人心的歌。"一方面坚信，另一方面又手握着虚无，诗人们用悖论训练自己的思维。

薄薄的诗集分为五个部分，它们全都关系着上述的主题。第一部分是以《第二空间》为首的二十八首短诗，其中的大多数极为精湛。箴言俯拾皆是；例如，"人和物的消亡并非时间唯一的秘密。／它召唤我们克服去当奴才的试探"；"当我想到这点，我需要一个不死的见证人／好让他独自知道并且记住"；"没有了眼睛，我的视线固定在一个明亮的点上，／它变得越来越大，把我吸收了进去"。

米沃什曾在其他地方谈到惠特曼对他的影响，在晚年，这种文体显得像是口述后的笔录。诗艺可以是深思熟虑之后的随意表达，他零星地回忆起了"维尔基""教我手艺的一个师傅""同学""房客""美丽的陌生人"，犹如对《米沃什词典》书中条目的补遗。他想起那位女同学，"她本应该被葬在了罗莎墓地，／但邪恶的命运无疑将她带到了城外"，最后叹息道，"再见了皮奥热维奇佐娜，不请自来的幽灵。／我甚至想不起你的名字。"

只有老年人才能发出这种叹息。事实上，诗句中常常流露出老年身体的颤抖，正因如此，他才似乎看到上帝的胡子也在颤动，在《保险柜》一诗中，他"正嘲笑着那些坚持映象之外并无原型的聪明人"。可是在《商贩》一诗中，米沃什又谈论起一个发生了神迹的小镇，数不清的朝圣者前来祈祷，商贩向他们出售小十字架、小圣章和祈祷念珠，甚至是圣母形状的塑料瓶。商贩们心中涌起轻蔑的信念，而朝圣者们开始隐隐感到信仰正受到威胁：戏剧性的冲突，构成了这首诗的结尾。

这也同样是第二部分"塞维利奴斯神父"组诗的主题。这位神父可以使读者想起西班牙思想家乌纳穆诺的小说《殉教者圣曼奴埃尔·布埃诺》，再往前可以追溯到陀思妥耶夫斯基的"宗教大法官"。宗教大法官认为，真理是无法忍受的，相比于让信众瞥见虚无主义的深渊，更重要的是让他们没有思想但安全地活着。曼奴埃尔·布埃诺也提到"我的王国不属于这个世界"（这曾是基督在彼拉多面前所宣称的启示），但他知道，这"另一个王国"（也即米沃什所说的"第二空间"）并不存在。米沃什笔下的这位神父比前两者犹疑，他有时认为"从拿撒勒小镇来的那个人却并非一个灵"，有时又感受到"主的临在如此真实"。塞维利奴斯作为第一人称，犹如佩索阿虚构的阿尔伯特·卡埃罗，他更多地是一位观察者。

按照前述的立场，乌纳穆诺的主人公说，"少一点神学；只要宗教，宗教。"然而米沃什在这本书里的旅行继续向前，在第三部分"关于神学的论文"中，思辨继续深入。米沃什先后提到他的几位前辈，密茨凯维奇、斯威登堡和雅各布·波墨，这是他所站立的几层台阶。他"最终把自己表现为一个神秘小旅馆的继承人"，有人从里面打开了门，接过了他的旅行箱；在第二十一首诗《最终表现为》中，他自陈："对基督教独特的摩尼教气质的偏向"把他"引向适当的途径"。

基督教神学本来以奥古斯丁和阿奎那两位思想家为正统

（周伟驰先生即是国内重要的宗教哲学学者），然而米沃什在后文的注释中谈到，高中时期的宗教危机使他丧失了对波兰天主教的安全的信仰。米沃什的"偏向"跟从了世界思想史的整体倾斜，在他的青年时代，诺斯替主义、炼金术文化已经受到知识分子的广泛欢迎。

在第九首诗《并非出自轻浮》中，米沃什写道："雅各布·波墨相信，可见的世界是一场大灾难的结果，是上帝出于仁慈，为了阻止极恶的进一步蔓延而创造出来的。"波墨的见解异于传统，充满了感性的善恶对立，他与斯威登堡都曾直接地描述过自己的神秘体验，这吸引了米沃什，或许也解释了前辈诗人密茨凯维奇为何在剧本《先人祭》中引入天使。

米沃什对生存和死亡的边界绝对地敏感，在第二十首诗《边界》中，他恍惚间来到了两个世界的边界处，"在那边则是虚无。没有任何可触、可看、可听、可尝之物。"而在第八首诗《啊是的，我记得》中，他刻意将时代弄混了，将自己等同于一位 1820 年的学者；这种场景其实近似于轮回观念。米沃什曾谈到自己被佛陀的法言吸引，并认为"佛教既不是有神论也不是无神论，对创世和第一推动不置一辞"，这种对欧洲执念的搁置，也许敷在米沃什的身上、使他暂时地解痛。

然而在组诗的结尾，他向圣母呼告，令人想起虔敬的蓝花诗人诺瓦利斯。

无论如何，米沃什的神学思想，必须与"那个个体跟20世纪历史的纠葛"联系在一起。他的观念形态是一种无可避免的世界性杂糅，如《米沃什词典》中说，"我一生的经验可以照此理解：绿色，小地方，可怜巴巴的教育。我虽然不配，但获得了进入炼金术士工作间的权利。"在第四部分组诗"学徒"中，他再次表达了这个想法，说"我不过是一个炼金术师父的学徒"。

在诺顿演讲集《诗的见证》中他说，"在我的青年时代，诗歌的学徒们如果是来自地图上的空白点，就得到巴黎接受短期或较长期的训练"，并举例说明，"在《魔笛》中，人在接受考验和入会之后，便可进入圣殿。"堂兄奥斯卡·米沃什引导他得到一种世界性的视野，以及对于斯威登堡等人的神秘主义思想的研习。因此在这本诗集中，奥斯卡使我们隐隐想起维吉尔在《神曲》中的角色。

诗的美感在于其表达出的抽象经验。埃涅阿斯遵循女先知西比尔的教导，手持金枝进入冥界，而俄耳甫斯依靠自己的金竖琴来打动船夫卡戎。米沃什在全书的最后一部分——

长诗《俄耳甫斯和欧律狄刻》中，重拾古希腊和拉丁诗歌的传统，来表达"那场终极试炼"，这是诗人旅行的终点。"他发冷，意识到他是在'乌有之所'。／在千万个冰结了的世纪之下，／在代代人老朽于其上的尘封的小径上，／在一个看起来没有底也没有终的国度里。"

为了理解这首最后的长诗，读者们可以参考诗人扎加耶夫斯基的回忆文章："我亲眼目睹了卡罗尔去世后他内心深深的悲哀；那时他已知道他将面对生命的终点，在一个空落的公寓里，每一个角落都留下了卡罗尔温柔之手和想象力的痕迹。即使那时，他最后一次旅行去加利福尼亚——在那里他永别了她——回来之后，他即能写出美丽的挽歌，'俄耳甫斯和欧律狄刻'。在他身上，将生命的痛苦转化为诗歌的天赋，未受损伤。"（李以亮译）

卡罗尔是米沃什的第二位妻子，先于他两年去世。而在1986年第一位妻子詹妮娜去世时，米沃什曾写道，"我呼喊，我哀求：元素，溶解你们自己吧！／上升到别的中，让它回来，天国！／超越尘世的火重新组成你们自己！"（张曙光译）在两次相同的痛苦之后，米沃什的诗艺忠实于自己的个人历史，"他掉转他的头／他后面的小径上空无一人。"

确实，在漫长的世纪之旅中，他的诗也始终紧紧攀附在大写的历史上。我们现在一般认为，诗首先是一种个人救赎，然后它才能够融入传统和共同体。在一首1945年写于华沙的诗《献辞》中，米沃什明确地宣称，诗必须拯救国家和人民；这种严肃诉求正是他写作中最有魅力的部分。而在诗集《第二空间》中，诗人在完成一生孜孜不倦的诗歌写作和社会活动之后，重新梳理自己的宗教体验和生死观念，以一种最基本的私人经验作为终曲。这样他才能够"倒头入睡，面颊贴在被太阳烤暖了的地上"，闻到药草的香味，听到蜜蜂的嗡鸣，进入某个清晨。可以说，在晚年，米沃什回到了他写作的原点，犹如他的肉体动身前往古城克拉科夫。

2015年8月12日晨

艰辛向前的船夫

对于一些作家来说，成为船夫，也许是他们的某种隐秘职业选择。在福楼拜《三故事》的《圣朱利安传奇》篇中，朱利安颠沛流离之后，在一条大河边停留下来，成为一名摆渡人。与之类似，在黑塞的小说《悉达多》中，悉达多经历世事之后，从生活中退出，在另一条大河边停驻，开始了做为船夫的生活。

而凯尔泰斯将自己的创作笔记命名为《船夫日记》。1983年，他在这本笔记中说："自我纪实是一种船夫的苦役。我像坚持划桨似的执著于此，饱尝磨难，艰辛向前。船行的方向是否正确？也许这正是我所关心的问题。弗兰克·克莫德说：'我们所有人都是自己的小说家。'"站在克莫德和凯尔泰斯身后，我们当然可以说：所有人都是自己的船夫。

《船夫日记》的时间跨度为1961年到1991年，这也对应凯尔泰斯的三部大屠杀小说《无命运的人生》《惨败》和《给未出生的孩子做安息祷告》的创作过程。（1997年他出版了第二部札记《另一个人》，2003年又出版了第四部大屠杀小说《清算》。）可以看到，在这几本书里，作者始终在谈论同一个主题。里尔克在谈到自己的创作时曾说，"《哀歌》与《十四行诗》始终互为奥援，当时我竟能以同样的呼吸鼓满这两面风帆……"同样地，《船夫日记》与三部曲作品是同一片经验的不同部分，凯尔泰斯用剩余的布料，拼接成了另一幅马赛克作品。

在日记的1980年6月21日，凯尔泰斯写道："我从书架上取下一本书。书里散发着霉味儿——这是一部完成了的著作和一个实现了的人生在宇宙中唯一可以改变传统的印记：书的味道。'1789年8月28日中午，我随着正午十二点的钟声降生到这个世界，在法兰克福的美茵河畔。当时的星相非常幸运……'"根据日记的前文，作者当时正在德国旅行，在魏玛的歌德故居停留。然而，同样这一段话也出现在小说《惨败》里。小说中的作者以一位老年作家的形象出现，在自己的狭小房间里冥想，然后从书架上拿下那部歌德的自传《诗与真》。

接下来，凯尔泰斯描述自己出生时的情境，与歌德对比。"我出生的时候，太阳正好运行到至今众所周知、最大的经济危机的位置。……一个名叫鲁道夫·希特勒的党领袖在他那部书名为《我的奋斗》的著作中，将一张极不友好的面孔转向了我。……所有地上的标记（我不知道天上的标记）都证明了我出生的多余性和无理性。"他知道，自己一出生就是不受欢迎的，他是一个"为了与自己的生命为敌而缔结的沉默联盟的盟友"。《船夫日记》的行文至此已经终止了，但在《惨败》中叙述者仍在接着谈论："我被滴进一个过程的中间，根据天生的欺骗性的时间感觉，我视这个过程为一种开端。"

凯尔泰斯所谈到自己的出生背景，是几代中欧作家的历史处境。歌德和德国文化，一直是欧洲文明的核心区域之一，深深滋养着中欧的知识分子。在日记里，凯尔泰斯也提及自己翻译《悲剧的诞生》等德语作品的过程。但与其文化不可分离的德国政治，却始终是某种难以确定的、不安全的事物，如保罗·策兰所说，"死亡是来自德国的大师"。在1984年的5月份，凯尔泰斯写道："卡内蒂：《获救之舌》，使我想到自己写的《给未出生的孩子做安息祷告》。我的童年时代变得无可救药，既无法重现，也无法更改。"这和《惨败》中的那句"我被滴进一个过程的中间"相同，凯尔泰斯和卡内蒂一起，从自己的中欧犹太人处境向前走去，走进一种人类共有的普遍性的生存状态。

在凯尔泰斯之前，卡内蒂也将自己的随笔作品结集出版，包括《人的省份》《钟的秘密心脏》和《苍蝇的痛苦》。卡内蒂出生在保加利亚，是近代从西班牙迁居到中欧的塞法尔迪犹太人，在二战开始之前他已经是成年人，得以从维也纳迁往英国生活。同一时期的凯尔泰斯仍然是少年，他和策兰，以及伊凡·克里玛、塔杜施·博罗夫斯基都没有躲过进入集中营的命运。

在《给未出生的孩子做安息祷告》的开头，凯尔泰斯引用了策兰的诗句。"把小提琴的声音拉得更低／让身体化作烟霭升上天际／云霄里有你的坟场／上边没有下面这样拥挤"。（日记中的 1990 年 5 月，他记录自己在打字机上敲写《死亡赋格曲》的译稿。）悲惨遭遇带来了伟大的诗，成为集体无意识，也成为战后欧洲文化的一种基础。凯尔泰斯在诺贝尔文学奖获奖演说中谈道："在大屠杀中，我认识到人类的基本状况，是欧洲人在两千年道德伦理文化之后所抵达的一次大冒险的终点。"

而 1945 年之后，凯尔泰斯和克里玛等人又被挟持进入了另一次伦理的冒险。他们同时在自己的处境中意识到了极权社会的生存状态，如布拉格前辈卡夫卡的《城堡》世界。凯尔泰斯用《寻踪者》的创作向卡夫卡致敬，也在日记里写："东欧人的生活教导人死亡"。直到 1987 年，他还在日记里说："我的四周，布满了不幸生活的令人诅咒的泥沼……我扑哧扑哧地跋涉。"而整本书里的深刻思辨，使得作家的几十年岁月，更应该被称作一次漫长的雅各与天使的搏斗。

　　《船夫日记》的文体，也相似于维特根斯坦的笔记。凯尔泰斯感叹："在维特根斯坦写于 40 年代的手记里，看不到一丝战争的暗示。"在感叹之前，他则记述："我无可奈何地翻阅自己的日记。我的生活，是一部独特的小说。……虽然这些手记反映了由于东欧解体而值得格外关注的生活状态，但是恰是这些东欧的关系使它们变得没有丝毫意义。"这是在 1987年，其时他刚刚开始动笔写作《给未出生的孩子做安息祷告》，"思绪如潮、令人惊叹地向前涌流"。

　　和维特根斯坦的手记一样微妙的是，1989 年的匈牙利社会变革，并没有清晰地呈现于《船夫日记》里。作家专注于自己的工作，这一年的日记里更多的是这样的句子："我简直要成为疯子，才可能对艺术进行思考。"凯尔泰斯和他所谈论的维特根斯坦一样，"对永恒事物的体验与表达，对那段表象的短暂体验起着决定性作用。将要逝去的东西要比永恒真实的东西更为深刻。"

不过到了 1990 年，写作者感慨道："假如'共产主义'只能视为精神扭伤的话（不管怎么说，连同那堆得像珠穆朗玛峰一样高的尸首），过去了的四十年终归曾是一种真实和现实，曾是我生命的阶段和舞台。今天，我已然难以理解，我是怎样存活了下来；而且还创造了一个精神的居所，仿佛在我的周围什么都未曾发生。"时间继续向前，在 1991 年 4 月，他记下自己将《英国旗》的校订稿送回到出版社：那本书作出了对于政治形势的审美回应。

值得注意的是他文风的转变：在《无命运的人生》中，童年生活虽然苦难重重，写作者使用的仍然是一种朦胧的田园笔调。在《惨败》的开端，他使用了罗伯－格里耶式的白描，然而随着叙述的铺展，文本的"情绪开始升温"，进入了第一人称的直白。《寻踪者》类似于《城堡》，也如《船夫日记》里记录的罗伯－格里耶谈论卡夫卡："没有什么会比精确更奇妙的了"。到了《给未出生的孩子做安息祷告》和《英国旗》，凯尔泰斯似乎在极权制度崩溃之际，终于得以用呼告般的语气写作。（另一位中欧作家赫拉巴尔的晚年作品也是如此，他们的小说好似没有分行的《杜伊诺哀歌》和《嚎叫》。）

很难说不是《船夫日记》帮助写作者提炼了自己的笔调。日记是美学原则，小说是随之而来的艺术作品。三部曲作品的创作时间，也大致将《船夫日记》分为三个部分；作家的思想来源一览无余，它们的水位高过成型的小说作品。仿佛溢出了河道：他就在这种庄子式的水域里成为船夫。在那段对比自己和歌德之出生背景的行文中，凯尔泰斯说自己在幼时的拉丁语课上学到："人必须乘船，但并非必须生活。"

古老的格言往往说出简单而重要的道理。同一句话在《惨败》的中文译本中被如此表达："出海远洋是必须的，生活不是必须的"（navigare necesse est，vivere non est necesse）。这两种译文虽然有微妙的差别，但都言简意赅，关乎生活的重要原则。在《惨败》中，老年作家的桌上摆着一块作为镇纸的石头，而最后它也被比喻为西西弗斯不停推动的那块石头。1990 年 6 月 15 日的日记里，凯尔泰斯写道："我看到了一张加缪的老照片，感到了一种突然喷发的、几近痛楚的友情。我已然张开了拥抱的臂膀。意识苏醒的时期，自我改变的整个阶段，他始终是一位大天使。"

而在《船夫日记》的结尾，凯尔泰斯的眼前再次泛起一位熟悉的形象。他常常想象有一个朦胧不清的人物，这个人走来走去，然而只要有一刻的悠闲，就马上坐到破旧的乐器前开始悄声演奏，几十年来总是弹奏同一个主题的无数种变奏。"——他为谁演奏？他为什么演奏？他自己也不知道。……仿佛有一种魔鬼的力量一次又一次地命令他坐到乐器跟前，好像剥夺了演奏者的听力，为了让他只给自己演奏。——但他至少在听吗？"行文至此，我们已经意识到了某种即将出现的相似性；然后读到最后一句："……这个问题毫无意义：我们自然应该想象这位演奏者是幸福的。"这正是引用"大天使"加缪所说的，"应该认为，西西弗斯是幸福的。"当然，这位单调的演奏者，或者搬运石头的西西弗斯，仍然并且始终是那位艰辛向前的船夫。

2015 年 4 月 29 日

在地球的圆桌前

安伯托·艾柯（Umberto Eco），在念出他的名字时，我想起另一个来自拉丁的词语，Echo，奥维德在《变形记》里所述的回声女神。奥维德写到，她"身体中的滋润全部化入太空，只剩下声音和骨骼，最后只剩下了声音"。这几乎是在描述纯粹的精神，正如叶芝所说，"镶在金树枝上歌唱／一切过去、现在和未来的事情"。

在《误读》（*Diario Minimo*）中，艾柯真的自觉成为他人作品的回声。纳博科夫、阿兰·罗伯－格里耶、马林诺夫斯基、阿多诺、乔伊斯，这些名字陈列在艾柯的便笺本上。艾柯的写作方式是简短的、迅速的，他对这些当代经典作出即时性的回应。所以他称自己的这些文本为"小记事"，它们的文体实在难于归类。这种写作方式也让我想起本雅明的《单行道》，当然，本雅明去世得更早，也更多一些悲剧性的严谨。

我想说本雅明的创作是欧里庇得斯式的，而艾柯的是阿里斯托芬式的。他们二人所置身的历史环境也完全不同，本雅明穿行于两次战争之间的通货膨胀，而艾柯置身二战后的和平与繁荣。如果他们俩谈论的是同一件事，那么他们正在从沉重和轻盈两端去分别验证。甚至是这样，艾柯的轻盈灵魂随着他的同时代人登上了月球:在《误读》中有《发现美洲》一篇，他通过重述人类发现美洲这一历史事件，来对照1960年代的阿波罗号登月。哥伦布时代的主角们，全部从幽冥的国度轻悄悄地走出来;这是一次复活。

在这些"小记事"里，艾柯似乎仅仅只打开历史的皮箱，而并没有去触碰里面的物品。或许这正是他的刻意姿态，无论如何，他终究在点数它们。在《大限将至》中，他用与《发现美洲》相同的修辞术，把赫拉克利特、希罗多德、埃斯库罗斯、索福克勒斯、欧里庇得斯、亚里士多德和阿里斯托芬悉数置换入当代语境。俄国诗人曼德尔施塔姆曾说，"不是我们能猜透希腊的混沌……"这一连串线性秩序，被艾柯随手嵌入20世纪的西欧链条。不过，如果某位哲人站在希腊世界的尽头，他也当然能讲出如下话语:"当民主政体赋予每个人闲暇，去打算盘、做一些日常基本的活动来打发时间，哪里还需要保留任何神秘领域呢？"

如此，在祛魅的时代，智者如艾柯，已经不能按照传统的方式去写作。也许他可以写作一部《玫瑰的名字》，但必然要再附上一小册《〈玫瑰的名字〉注》。而在《新猫的素描》中，他模仿阿兰·罗伯－格里耶的笔调去写一只猫。与其说这是在戏仿，不如说这是在致意。艾柯与罗伯－格里耶、蓬热、格诺是同时代人，他们看待事物的方式，也必须从内心深处调整出新的姿态。假如我们想更新文学，那就必须首先更新自己的世界观。我想引用一句卡尔维诺评论蓬热的句子："一旦这最低微的物件唤起我们的同情，如果我们坚持过分倾注这同情，就会令人绝望，就会把一切都毁了，那来之不易的一点真理就会在顷刻间丧失。"

艾柯的观照来自于宇宙深处。自从托勒密系统被否定之后，宇宙中心就开始远离我们——而智者们需要居留在那里；所以，他们（或多或少地）被迫迁出地球，撤离到那渺不可知的飘忽之处，在那里回望人的世界。在《波河河谷社会的工业与性压抑》中，艾柯以仿佛站在空中的姿态来观看米兰城，正如考古学家刚刚开始凝视庞贝的房屋和街道时那样。（我想起，参与发掘庞贝城的历史学家说："许多人在睡梦中死去，也有人在家门口死去，他们高举手臂张口喘着大气；不少人家面包仍在烤炉上，狗还拴在门边的链子上；奴隶们还带着绳索；图书馆架上摆放着草纸做成的书卷，墙上还贴着选举标语，涂写着爱情的词句……")

我无意间触到了"庞贝"这个比喻。在这类观看地球的短文之中，艾柯都怀有一种"大限将至"的认知。在《那东西》一篇中，艾柯直截了当地用寓言讽刺我们时代的核武器。在《三篇古怪评论》的第一篇，在不知来自何处的叙述者眼光下，一张纸币首先只是一份出版物，"对开本的有限版本"。可是在《天堂近讯》中，他又这样轻描淡写道："我看再过个一万年吧。到那时你就明白了。"紧随其后的落款是 1961 年。你无法知道哪一句来自艾柯；哪一句来自虚拟语态的艾柯。

我想请出艾柯的意大利前辈，贾科莫·莱奥帕尔迪，他或许是几代作家的源头。艾柯的"小记事"不只是近于本雅明，更让我想起莱奥帕尔迪的《道德小品》，它们的文体都是轻巧的。在《道德小品》的《赫拉克勒斯和阿特拉斯的对话》一篇中，两位古代神祇把地球随意地互相抛掷，无所用心。这个星球随时可能堕入宇宙的深处。

在地球的圆桌前，莱奥帕尔迪已经开始起身离席了。但莱奥帕尔迪身前还有古代的琉善，更早一些的，是前文提到的阿里斯托芬。以前的智者们，大可以足不出户，在夜间睡眠前清晰地感知隔壁的对话声——哪怕那是星辰之间的对话。而对于艾柯和他的同时代人来说，他们已经站在审美序列的末端。我不妨附会其意，说"乃莉塔"是衰老的人类精神，但是，"除非灵魂拍手作歌，为了它的／皮囊的每个裂绽唱得更响亮"，而声音仍然留存着，作为某种形而上学。

也许艾柯本人会否认他只是一道声音。他的姓氏 ECO 是另一个词语的缩写，全拼是"Ex Caelis Oblatus"，意思是"上天的恩赐"，这是他的祖父被收养时得到的名字。这家族史也要求我们，在大限来临之前继续繁衍下去。

2015 年 4 月 8 日

来自童年的各种药物

　　宁静的傍晚结束了，在某个村镇上，人们都已经回去休息。但就在这个时候，作家阿摩司·奥兹带领读者们到街道上闲荡。走过文化厅和杂货店，穿过纪念公园，在长椅边逡巡一会儿，最后不由自主地来到一座水塔前面。我们爬上水塔，到了塔顶，看到夜晚在视线中延伸，变得广袤、空旷。天空明亮，繁星闪烁，村子里有灯光，黑暗中有短暂而沉闷的枪声。我们中的一个男孩，终于感到了生活中无可挽回的断裂，他明白，自己将与所爱之人变得形同陌路。

　　事实上，这是奥兹的短篇小说集《乡村生活图景》中的一幕。在静谧的自然环境中，人的心灵得到感动、若有所悟，这篇名为《陌路》的小说就这样结束。在整本书中，八篇故事大多都以这样的风格写成。我们不用在意故事的线索去往何处，在这里，更重要的事情是自然环境和人物情绪。爬上塔顶，正如作者在叙述中所暗示的，是一种净化的过程。另一位犹太作家伊萨克·辛格，也曾在《市场街的斯宾诺莎》中这样结尾：老年学者在新婚之后的清晨走到窗前，面对广阔无垠的星空，请求神圣的斯宾诺莎原谅自己。

在小说结尾，他们的动作仿佛凝固了。作家就像手按相机快门的人，在结尾之前，他一直在调整场景和人物。他知道如何将我们无意识地带到那个处境。最后，他只需要停止叙述，让画面定格。我们可以再看看奥兹如何处理另一篇小说《挖掘》。

这是关于三个人的故事：老年的以色列前国会议员佩萨赫，他的女儿、中年的文学老师拉海尔（他们的其他亲人或者去世，或者出国），还有一个阿拉伯学生阿迪勒，他们同住在一个屋檐下。这是佩萨赫和拉海尔的家，阿迪勒借宿于此，在这里准备考试、写论文和小说。佩萨赫脾气暴躁，对当今政治现状、对朋友、对阿拉伯男孩都感到不满，但每到午夜时分，他总是听到房子下面传来挖掘声。拉海尔认为这是父亲的幻觉，因为附近没有任何挖掘的迹象。然而有一天，佩萨赫和阿迪勒开始交谈，后者告诉前者，自己也总是听到夜间地窖下的挖掘声。最后，在一个闷热潮湿的夜晚，拉海尔没有睡着，平躺在床上，终于清楚地听到摩擦、敲击和拍打声。她起身去到走廊上，想看看是不是老人和少年在那里发出声音。但走廊里漆黑一片，大家都已经睡了，只剩下她一人倾听那神秘的信息。"拉海尔·弗朗科独自站在暗淡星光下的黑暗中，颤抖不已。"

这幅画面使人想起契诃夫，在那个特定的画框里，大家仿佛并肩站着，互相依偎，眺望世纪末的远方。佩萨赫、拉海尔、阿迪勒原有的三人关系改变了，在神秘而琐碎的挖掘声中，他们毫无疑问变成了"三姊妹"。当阿拉伯男孩吹起口琴的时候，奥兹通过以色列老人之口说："优美的旋律，令人心碎。……也许只有这忧郁的曲调善意提醒我们经历了心灵毁灭。"

对于那挖掘声，作者自始至终没有更进一步去揭示它。三个主人公分别在各自的生活处境中，慢慢地达成对它的一致感受。想想犹太人的集体无意识，也许这种声音曾被卡夫卡和策兰听到过。当然在奥兹这里，这种经验是超越于种族的。普通人们的入睡困难，就是生活中隐秘的挖掘声；而由于写作者晦暗不明的态度，这声音慢慢近似于某种神谕。

犹太文化中一直有着神秘主义的传统；奥兹没有忘记它

们。在小说集的第一篇《继承人》中，作者讲了一个陌生人来访的故事。故事本身是平淡的：访客是个房地产商人，前来劝说主人阿里耶·蔡尔尼克把房子拆掉，改造成一个疗养院。主人对此并不感兴趣，想尽早将访客打发走。访客赖着不走，说自己是主人一家的亲戚，他们的祖辈都是来自东欧的犹太人，他想见到主人的母亲，因为房产挂在她的名下。最后，这位客人沃尔夫·马夫茨尔先生坚持闯进房子，轻轻推开卧室的门，蔡尔尼克的母亲罗萨莉亚正卧病在床。马夫茨尔弯腰亲吻老太太，脱下鞋子，躺在她的身边，拉过毯子盖过二人。蔡尔尼克犹豫了片刻，脱下鞋子，脱下衣服，也上床躺在老母亲身边。三人就这样躺在一起。

这个结尾初看令人愕然。但仔细想想，它其实是超验性的。这位不请自来的访客，极有可能，实际上是犹太教中的天使。尽管作为房地产商人，他这次拜访的动机似乎十分明显。但最后访客给老太太的亲吻和拥抱，绝非日常经验可以解释。

只是对于这些问题，作者自己始终一言不发。奥兹将叙述严格地控制在故事的界限之内，仿佛他与读者之外的某个第三方签署了协定。这是他作为现代小说家的自觉。在整本书中，他又试图将所有的故事拼接在一起，形成一幅"图景"。所有故事中的主人公，都是生活在同一片土地上的邻居。奥兹所描绘的这个"特里宜兰村"，在文学史上也已经有范例在先，比如舍伍德·安德森笔下的俄亥俄州小城温士堡。

在《等待》篇的开头，作者唯一一次从正面来呈现这个村子。"特里宜兰，一个拥有百年历史的先驱者村庄，被环抱在田野和果园之中。一座座葡萄园沿东边斜坡延伸开去。一排排杏树生长在临近的公路旁。红瓦屋顶沐浴在古树的浓郁葱翠中。"我们可以设想奥兹写作本书的源头，来自于他对以色列本地历史的思索。看看奥兹所来自的那个传统，他毕生景仰的文学大师阿格农，虽然也写作了很多以乡村为背景的小说，但后者的乡村往往坐落在东欧平原。必须要有人来梳理以色列这片旧土地上的新历史——虽然这种"新"的经验也已经有了百年时间。可是话说回来，百年在犹太人的流浪历程中并不算长。

在《迷失》篇中，作者又一次触及了这本书的问题意识。小说以房地产经纪人约西·沙宣作为第一人称叙述者，他前去一位去世作家的老宅子，准备买下产权，然后再转卖。约西在作家女儿雅德娜的带领下进入老宅，发现它的内部如同一座迷宫。"房子并非一夕建成，而是造了很多年。每一代人都为它加上侧翼和延伸部分。也许正因如此，它似乎显得没有计划性。"在这句话里，作者似乎不仅仅是描述房子，也是在描述国家的历史。

雅德娜对约西说，"在这座房子里，你可以走失，你可以藏匿，你可以在绝望之际找到独处的安静角落"。最后，约西真的孤身一人停留地窖里，躺在轮椅中，即将陷入沉睡，而向导雅德娜已经离开。这时的环境已经变得不那么安全，约西似乎隐隐要付出某种代价，因为他与雅德娜的暧昧关系，以及他对这座宅子的拆毁计划。

那么，至此读者可以怀疑，上一篇《挖掘》中人们所听到的挖掘声，是否就是被困在地窖中的约西制造出的声响？作者对此又一次保持沉默，而这种疑惑将一直在书中徘徊。就是这样，通过若有若无的联系，如同八个相邻的房间，这些短篇小说联合成一本完整的书。里面的人们总是在游荡中穿过同一座公园，坐过同一条长椅，无助地凝望同一片星空和远方。

在长篇小说《爱与黑暗的故事》中，奥兹写过一个诗意的句子："意第绪语中的呐喊'各种药物'在我听来像希伯来语词汇'不要衰老'。"年幼的奥兹随父母居住在耶路撒冷的街区，听到窗外经过的小贩喊出沙哑的叫卖声，想来那时的他已经认识到日常生活是多么冗长而无望，而深陷其中的人们终将衰老和死亡。在《乡村生活图景》的最后一篇小说中，奥兹用一个寓言对抗前面的所有故事。

这篇小说的标题叫"彼时一个遥远的地方"。很有可能，这就是特里宜兰人所注视的那片远方。这是一个落后、肮脏、无可救药的地区，主人公在二十多年前被派到这里工作，从此再也无法离开，越来越疲沓，麻木于时间的流逝，思维能力和欲望一起下降。但在结尾，他讲了一件自己亲眼所见之事：一个健康英俊的陌生男子出现在东边山顶上。空中传来急促的噪音，那是各种动物的叫声，响成一片。人们对这个陌生男人议论纷纷，"瞧他在跳舞，他要飞了，瞧，像翅膀。瞧，他白到骨头里了"。然后老掘墓人说了如下的话作为全书的结束："太阳升起来了，那里的白人，或者我们想象中的白人消失在泥沼后头了。说话没有用。又是炎热的一天。该去干活了。……"

写作者在这里讲了一个卡夫卡式的寓言故事，就像是 K 被神秘力量派遣去城堡一样，我们生来就毫无理由地置身于这片毫无希望的地区。所罗门王在《传道书》中感叹说，"人一切的劳碌，就是他在日光之下的劳碌，有什么益处呢？"特里宜兰人每天都在具体的生活经验中疲乏不堪，也许只有在噩梦中，他们才找到救赎的可能性。因为作为犹太人，阿摩司·奥兹没有忘记，他们的民族时至今日仍然在等待弥赛亚的到来。

2016 年 7 月 2 日

"直接地，简洁地被白昼回答"

"……因为只有从彼岸，即从明亮的白昼出发，梦境才可以从占优势的回忆中被说出来。梦的这个彼岸只有在另一种净化中才可以达到，这种净化类似洗濯身体，但却又完全不同。它是通过胃来进行的。空腹的人说梦就像说梦话似的。"

翻开伊丽莎白·毕肖普的诗集，我想起本雅明曾在其《早点铺》（收录于《单行道》）里写过的一段文字。我们观看人事时，会得到通常所称的"第一印象"，——而它对迷信者起作用。我首先注意到，毕肖普频繁使用"白昼"这个词汇，或者说，通过她的中文译者包慧怡。本雅明极有可能是在谈论诗歌写作，尽管在文学史上他与毕肖普并无交集，但这并不妨碍他们的无形沟通。如本雅明所暗示，诗是一种净化、一种洗濯；这即是毕肖普的工作，现在，我正翻到《五台阶之上》这首诗："……一次或两次／以颤音在梦中问询。／问题——如果它们就是那种东西——／直接地，简洁地／被白昼回答。"

称某物为白昼，或许因为言说者自己正置身夜晚。但毕肖普与本雅明不同，她不使用隐喻。直接、简洁地处理其诗歌主题，这是她的行事方式。可能你不必去她的诗歌里领取多余的东西；我不知这种写作方式是否可以直接称其为"毕肖普式"的表达。在《北与南》和《寒春》这两部她的前期诗集里，我尤其感到一个纯粹的毕肖普形象在凝聚；而在那之后，她也一直是其所是的模样，对于她来说，似乎并不存在"晚期风格"。

毕肖普的词语意象丰富。她甚至可以直接用形象押韵，而非语音。要做到这一点，写作者必须保证诗节之间的紧凑，——这正是她所擅长的。而另一方面，虽然说其丰富，但毕肖普并不沉溺于物象，看起来她似乎只是从它们之中穿行而过。请看这样的诗句："高大的树木立在中央。／我想，必然是树木插了手，／／在绿叶中轻捕着音乐，宛如／黄金尘埃，直到片片巨叶下陷。"(《从国会图书馆看国会大厦》)这样洁净、单纯的白描；只谈论她所服务的意象，只专注于它们，在这同时放弃与世界上其他任何事物的关联：这或许就是

"毕肖普式"的。

在此意义上，她的诗歌与马拉美有某种共通之处。仅仅依靠词语物象的节奏处理，就足够支撑起她的诗艺系统。我不想误解瓦莱里所说的"纯诗"；——毕肖普并不触碰思辨，不去在"意义"的枝蔓上旁逸斜出。正如我们在清晨刚刚醒来时的单纯状态，毕肖普只专注于细微的日常经验。在白昼中取出一块时间的样本，叙述出这块时间的文字形态；——这也许正是那两位法国人赞赏的写作方式。在当代中国诗歌文化中，我们也可以找到类似的气息，如韩东所言的，"诗到语言为止"。

保持你的简洁：这甚至是某种清教徒式的精神气质。在这一点上，她正是一位传统的美国人。我正是从这个意义上去理解哈罗德·布鲁姆所说的，"毕肖普立足于美国诗歌的传统……这个传统不以夸张的修辞，而以文以载道的立场著称。"毕肖普曾担任美国国会图书馆诗歌顾问（这一职位在 1985 年后改设成为"美国桂冠诗人"），在文本和人事中，她都是一位接承者、传递者。她曾去看望晚年行动受限的庞德，并写出一首《访问圣伊丽莎白医院》，这正是她所立足的"传统"："那个躺在疯人院里的 / 凄惨的男人的时刻"。无独有偶，在另一位同时代著名诗人 W.S. 默温的札记《五月之诗》的开篇，他也穿过早晨清冷的特区街道前去看望那位凄惨但是卓越的匠人。

而说到美国诗歌的传统，笔者更熟悉的是罗伯特·弗罗斯特、华莱士·史蒂文斯和温斯坦·奥登这样的文学脉络。这几位诗人的写作方式，是欧洲大陆式的，在精神上他们近乎传统的德国人、法国人或意大利人（当然，奥登即来自于英国）。如果说，史蒂文斯的诗歌写作可以被比喻为演奏大提琴，那么毕肖普的写作方式堪称近似于打击乐，或者如惠特曼所言的"鼓声"，当然，是精致的鼓点。不过，在毕肖普的后期诗歌中，比如《一种艺术》，那儿的技艺几乎与史蒂文斯名作《弹蓝色吉他的人》相差无多："每天都失去一样东西。接受失去／房门钥匙的慌张，接受蹉跎而逝的光阴。／失去的艺术不难掌握"。（这首诗的结尾的号召之词还让我想起俄国的茨维塔耶娃，当然毕肖普比前者节制。）然而总的来说，毕肖普的诗歌在大部分时间里，对"意义"和"思辨"的接触是绝缘体式的，这既是她的长处，也是她的短处；双面神雅努斯总会适时地来为我们作诠释。

美国小说家亨利·詹姆斯倾慕于欧洲的人文精神。T.S.艾略特也最终加入了英国国籍，如一次诺斯替式的归乡。而在毕肖普的生涯中，对她来说更重要的旅行却是去往巴西，由于邂逅了一位恋人，她在那儿驻留下来，本来计划两周的行程变成了十五年之久，正如帕斯捷尔纳克的名句"越是偶然，就越真实"。其时她已经四十岁。值得对照的是法国诗人亨利·米肖，这位法国诗人也曾前去南美，并留下了一部《厄瓜多尔》，其间充盈着青年气质的创作冲动。卡夫卡曾说"犹太人一生下来就老了"，还曾写作长篇小说《美国》，本雅明说这部小说意味着作家本人以卡尔的假名在新大陆获得重生。相形之下，毕肖普的形象正是一位年轻的美国人。

然而，在所有人类生存的场所，人文精神会时时刻刻滋生。所有的人类活动都会被纳入世界的秩序，并成为滋养精神的空气和水。20世纪的美国是世界历史的一个剧场，在这儿我们还听到罗伯特·洛威尔、艾伦·金斯堡、罗伯特·勃莱、约翰·阿什贝利等人的声音，每一种诗歌都揭示一种存在方式，每一个具体的人都是上帝之爱的一次显现。在毕肖普给洛威尔的信件中她如是说："你为我写墓志铭时一定要说／这儿躺着全世界最孤独的人"。这句话也印在她诗集的中文译本《唯有孤独恒常如新》的扉页上。

2015年4月11日

西班牙的抽搐

　　年老的作家塞拉要讲一个故事，一个缠绕在他心头的故事。也许因为缠绕得太久，某些重要情节回旋着反复出现，每当做一次语气上的停顿，我们就意识到一次，外面的绵绵细雨仍在落下。塞拉要把爱伦·坡的句子放在他故事的扉页，用以提醒自己："……我们的思想干枯而又麻痹，我们的记忆干枯而又可疑"。

　　弹奏、雨点、老年作家的唠叨：三位一体。一位盲人乐师的存在是重要的，或许这一切，都来自于他乐曲中的幻觉，但他只愿意以第三人称的形式出现在书中。由于失明，他看不清道路；所以他在同一座城市里反复迷路，总是走到同一个街角；仿佛全世界的雨滴都聚集在那里。正如加勒比诗人沃尔科特所说："细雨渐密，像竖琴的丝弦。一个目光阴沉的男子用手指扣住雨丝。"

然后众多人物出场了。他们都有冗长的名字，全部昏昏沉沉。其中有个人说："西班牙是一具死尸，我不愿意去想它。"他们全都生活在 20 世纪三四十年代，距离作家进行著述的 1983 年，已经过去了四十年。博尔赫斯写过："大理石的光辉，尸衣下面被蛆虫破坏的黑色解剖学——他收集这些寒冷的象征：死亡的胜利。"著述者犹如回到幽冥世界，他不知道自己是否得到了喀耳刻的指点；并为自己置身亡灵之中而感到震惊。然后塞拉会习惯于此："死亡是经常发生的顽固现象，是一种渐渐失去声誉的习惯势力。"

你可能一早就知道这桩事件的结果了，假如我们是在进行倒叙。一本小说就像一块地毯，我们先将它整个儿铺开，再慢慢辨认它的纹路。我们观看：著述者按照音乐的节奏，道出全部的细节。我们观看，而他所收集到的一切，都指向一件事情——死亡的胜利。然而，也许这并非徒劳；静默的文字仍然保持着口型。曾经握笔的人是卡米罗。

但是塞拉可能又觉得，时间不是地毯状的。在阖上的书本里，时间像一只动物，被装入一个箱子。它挣扎着想要脱离束缚。于是语序开始扭曲，在这个方块形的空间里摇晃。所有的墙面都被反复地涂刷，因为无所事事，这里的人们与自己相处得太久。假如有人需要出门，那么他就会反复地经过同一个街角。就像当代电影里提到的"月光宝盒"，众多人物在时间的目睹下不停地做折返跑。

在一片混乱中，我们可以随意地读这本书。就像一座公园有好几个入口，你可以从任意的门进去。广场上有孩子们，像科塔萨尔那样跳房子。后来另一批人物交替登场，进行施尼兹勒式的轮舞。报仇是他们的狂欢。

某种泛神论隐隐地从书中渗透出来，滴落到读者的地板上。"大千世界是一只共鸣箱，地表是鼓面，鼓面蒙着皮子。"与其说他是讲故事的人，不如说他是制造长篇声音的人。两只相同的玛祖卡舞曲，才会组成一次事件。这次事件由于被反复提及，变得单调。我们需要看的是窗外的景物，比如雨点。如果这是一部电影，那它就是我们所说的闷片。犹如土耳其导演锡兰的冬眠，每隔一阵子镜头就对准窗外的雪。

尽管如此，语言仍源源不断地滚动，仿佛时代中的西班牙在抽搐。塞拉写到第一位死者："'蛮子'额头上那颗明亮的小星星熄灭了，它有时像红宝石一样红艳，又是如蓝宝石一样瓦蓝，或似紫水晶一样青紫，像金刚石一样闪亮。"我们不得不去寻求洛尔迦的诗句："用星星的口涎止痛敷伤。"并非偶然，书中第一次弹奏玛祖卡的 1936 年，正是那位安达卢西亚人去世的年份。

高登西奥也已经死了，他出现在集体记忆中，实是一位为自己而弹奏的亡灵。但有些话由罗宾·列宝桑道出，或者不是他在说话，而是无意识之神。"罗宾·列宝桑不想记日记，因为他不愿意承认人也是那种皮毛坚硬、愚笨无知、整天无所事事、只等待出现奇迹的动物。"肉体的气息是辛辣的，生存与性欲混合在一起。然而事实是，承认与否是没有什么用的。

我们再想想其他人是怎么说的。乌纳穆诺："上帝默然无语，因为他是一个无神论者。"奥尔特加－加塞特："明天与今天在本质上毫无区别，所谓进步只是沿着我们脚下的同一条道路一步一步地走下去。"在某个艺匠俱乐部，他们的书籍都曾被烧毁过一次。与此同时，在海边它们堆积如山，海水将思考全部卷走。

2015 年 6 月 26 日

温柔的刻度

路易斯·塞尔努达，西班牙诗人，在去世五十年之后，开始了他的中国之旅。他的头像印在《奥克诺斯》的封面上，带着腼腆的笑容，在照片里正值二十五岁；作为一个巧合，这本译作出版时，译者汪天艾也正好二十五岁。

对于写作者来说，书籍的封面使他的形象得以固定，像一个被保存下来的死者脸部模型。每一次照相都在挥霍我们身上的灵韵；诗人们则将它收集到书本上。我们的写作源于一个古老的意识，如贺拉斯说，"我不会完全死去"。而塞尔努达的诗里发出这样的回声："死去的不是爱情，死去的是我们自己。"

《奥克诺斯》封面上的作者照片，实际上截取自一张三人合影。他们分别是阿莱克桑德雷、塞尔努达和洛尔迦，照片摄于1927年，其他二人当时都是二十九岁。阿莱克桑德雷的生涯将会持续到五十多年后，直到他与世界一起进入 1980 年代；但是九年之后，洛尔迦却立即陨落，被长枪党杀害，让年老的安东尼奥·马查多感叹说，"罪孽在格拉纳达"。

文学史里收集了这么多种类的蝴蝶标本，如今他们陈列在中国的书架上。1956 年，人民文学出版社出版了《洛尔伽诗钞》，当时译者戴望舒已经去世，由其友人施蛰存整理编定。时过境迁，在 2015 年，洛尔伽和塞尔努达之间似乎隔着中国漫长的 20 世纪后半叶。可是，这仅仅是戴望舒和汪天艾之间的距离。

日光之下，并无新事，天艾的燕园前辈赵萝蕤，同样于二十五岁时第一次出版译作《荒原》（由戴望舒约请翻译，1937 年上海新诗出版社出版，叶公超作序，印刷 350 册）。笔者在此反复提及年龄，或许绝不是偶然。毕竟，我们现在即将在汉语世界里读到的这位西班牙诗人，他对"时间"的敏感无与伦比。

"因为害怕独自走进时间的暗影"。在《奥克诺斯》的"恐惧"一篇中，塞尔努达以这行诗句作为结尾。塞尔努达度过了一个平和的童年，他拥有足够多的温顺和敏感。这个男孩也让人想起普鲁斯特，他们有着相似的困惑。在"时间"篇中，塞尔努达说，"我看见时间怎样静止不动，悬停在空中，纯粹而空灵，不再流逝，像那片藏着神明的云。"

回到中文语境之中，塞尔努达所处的南欧诗歌传统，并没有得到更多的关注。三位年轻人合影中的阿莱克桑德雷，1977 年的诺贝尔文学奖获得者，至今仍然没有中文单行译本面世。在瑞典文学院的授奖辞里，他们特意提到，这是为整个"二七年代"诗人所颁发的荣誉。

轻盈、细腻，这正是南欧诗人们的整体气质。然而相形于丰富的"时间感"，塞尔努达或许缺少更多的"历史感"。他捧着"轻柔的蛛网"，却没有举起"沉重的石头"。与他同时代的 T. S. 艾略特说，在二十五岁的时候，诗歌写作者应该开始拥有历史意识。"副本制作"的主持人冯俊华是《奥克诺斯》的策划人之一，他曾经同时赠给我两本册子，一本《路易斯·塞尔努达：诗四十四首》，和一本《切斯拉夫·米沃什：晚期诗十八首》。我很容易判别出塞尔努达与米沃什之间的不同，而中国当代的写作者们，其实也是更多地习得了艾略特—米沃什的思索经验。

然而如荷尔德林所说，"哪里有危险，哪里就有拯救生长"。实际上，所有的诗歌都是同一本永恒之书的一部分，世界万般美丽，塞尔努达的色彩并不逊于艾略特和米沃什。塞尔努达有自己独特的处境，他的美学完完全全地属于自己。他也正通过更多的译介，在中国完成经典作家形象的确认。

那么是否如此，像这本《奥克诺斯》的封面那样，诗人的灵魂一直停留在二十五岁？可能自某一时刻起，塞尔努达停止了年岁在心灵上的叠加？《奥克诺斯》的"家"一篇写道："留给你的时间很少了，谁知道是不是这样活着更值得，赤条条什么都不拥有，永远准备好离开。"这就是他一直留存的少年气息。当然，一切也与他的同性恋取向有关，我暗暗想象他生命的终结时刻，是否如同托马斯·曼所描述的《死于威尼斯》？

他终究把我们的钟表拨回到一个温柔的刻度。作为《奥克诺斯》的编辑，我初读它的时候，正是北京的初秋时节。傍晚，你从胡同里走过，西边天空总是蓝绿色的，气温也开始下沉。于是你记住书稿中布满着这样的句子："第三声是在秋天的傍晚。点灯人已经路过，肩膀上扛着长长的铁钩，尖头一端跳动着灵魂一样蓝色的小火苗，一盏一盏点燃街灯。"

2015 年 2 月 4 日

永不散场的筵席

　　每个读书的人，对于自己钟爱的作家，都会有一个"初次见面"的时刻。我的灵魂总是要回到我的大学图书馆，那座白色的、小教堂般的建筑。2005 年初春，我在那儿取回一本旧版《人与事》。作者是鲍里斯·帕斯捷尔纳克。

　　那本灰白色的小书摆在我的面前，它的开头谈到作者幼时遇见里尔克的经历，他仿佛从很远的地方回头观望。而作为读者的我也意识到，这本书即将成为自己的一份"安全保护证"。像我们这样的人，是往往先在书本中认识世界，然后再在生活中体验世界。我后来在生活中认出在《人与事》中预先见过的场景。它像是旅行前夜，我们在旅行包里放进的镇痛药；我需要在精神上回溯到这本书，依赖于它的精神教诲。

　　在前夜，任何偶然事件都会变得具有决定性。往后我们会明白，"越是偶然，就越真实"。在马尔堡，他向一个姑娘求婚被拒绝。他当然连夜离开那座城市，但青年时候的痛苦与诗歌粘连在一起。因为，"夜渐渐取胜，棋子纷纷闪开。／我当面认出白色的凌晨。"——有时候我们暗暗渴望离开任何一座城市。在诗中帕斯捷尔纳克又陈述道："我走进广场。我可以算作／第二次诞生"；后来这也成为他另一部诗集的名字。

《马尔堡》所说的是 1912 年的事情；《二月》也写于那一年，啼音初试。生于 1890 年的帕斯捷尔纳克时年 22 岁，他顺理成章地离开马尔堡小城，结束哲学研习生涯。那个时候，古米廖夫（1886 年生）和阿赫玛托娃（1889 年生）已经结婚两年，前者结束一次非洲之旅，后者和莫迪里阿尼分手，曼德尔施塔姆（1891 年生）正在准备诗集《石头》，茨维塔耶娃（1892 年生）即将步入婚姻，马雅可夫斯基（1893 年生）开始组织"未来派"。

须知人的一生多么漫长。这六个年轻人，只有阿赫玛托娃和帕斯捷尔纳克达至了老年，双手触摸到了"晚期风格"。"我曾听说年老体衰的事。可怕之极的预言！／不会有一丝泡沫能扬起双手触摸到星群。"帕斯捷尔纳克自己在 1917 年的《沃罗比耶维山地》（又译《麻雀山》）中如此说道；他是多么敏感。

那一年是帕斯捷尔纳克诗歌生涯的一个高峰。五月，在卡梅申支线的途中，太阳即将落下，诗人在火车车厢里完成了自己的诗学构建。他作为一个写作者有别于勃洛克或者谢维里亚宁的地方，已经清晰地展示出来。他没有直接叩问生死的终极问题（如他所崇拜的里尔克），却在行文中充满蕴藉；我们喝着透明的水，却感知到糖块的甜味。他像一个商人，平静而有把握地缓缓铺开一张张地毯，展示上面的波斯花纹。

而我作为读者，在 2008 年夏天读到他的 1917 年诗选。那时距我第一次读到《人与事》已过去三年；我在这里缓缓度日，帕斯捷尔纳克却从 1957 年回返到 1917 年。仿佛遵循自己在《梦魇》里所说的，"睡吧，亲爱的，我必如雪崩再来"；他确实是藉由写作而摆脱了时间的重负，如提及吉卜林的那首《眷恋》中所说，"穿过林间空地钻进雾中，／做起了恒河大梦"。后来的诗人们将会从帕斯捷尔纳克的 1917 年诗选里，获得那种可以称之为"手艺"的东西。我们先期获得经验，然后再将它转化为修辞；像巴拉肖夫的铜匠，"铆着钉子，上着锡水，烧着焊条"。这过程高低蜿蜒，"穿过热气，／飘进车厢，落到手提行李上。"

与此同时，那一年的曼德尔施塔姆写道，"奥德修斯回家，满身都是空间和时间"。历史是个永恒的女人，那年的俄罗斯——对着镜子反复审视自己的姿态。于是，诗人们终究将从恒河大梦中再次回来，回到他们的时代；回到他们的野兽眼中。

帕斯捷尔纳克有过长期的沉默。而他替身体里面的日瓦戈生活。他长途旅行，坐漫长的火车线路，车厢外是俄国的森林和积雪。《日瓦戈医生》里谈到诗人的写作状况："他在重读这些草稿时，往往感到失望。夜间这些诗稿曾使他感动得泫然泪下，觉得有些地方写得非常成功，简直是神来之笔，但此刻他觉得这些自以为成功的诗行十分生硬牵强，因而快快不乐。"

帕斯捷尔纳克不似葡萄牙人佩索阿那样热衷于给自己另起假名，但他毕竟有一部分诗作署名尤里·日瓦戈。在那些诗章里，作者仿佛已经离世，站在天上重新温习一遍人生旅途。"但到午夜，万籁俱寂，／一起听到了春的声音。"帕斯捷尔纳克把自己的物质生活压缩成了字母符号，寄寓了漫长岁月中的朴素衷情。"但他们的心跳动着，／时而她，时而他／挣扎着苏醒，／但又陷入梦境。"

他也没有像左琴科那样患上忧郁症。1941年的《在早班火车上》如是说："通过往事的一波三折，／通过战争和贫困的岁月，／我默默地认识了俄罗斯／那种种独一无二的特色。"正如阿赫玛托娃在《安魂曲》里说："不，我并非在异域他邦，／也不是在别人的羽翼下躲藏，——／我当时是和我的人民一起，／处在我的人民不幸而在的地方。"也许火车车厢和监狱的探监处，是极权制度下仅存的公共场所。

我曾在自己的生活困境里理解帕斯捷尔纳克中年以后的漫长生涯。诗歌是语言的极致形式，最终它向永恒的"你"敞开。那个"你"或许不在茨维塔耶娃所言的一百年后；走到人生中途的人会意识到，贝雅特丽齐就在我们的邻人之中。"因此不要悲伤，不要难过，／我起誓以全部弱点留在你们身上。"

诗作《雨霁》让我辨认出歌德的气质（帕斯捷尔纳克是其《浮士德》的俄文译者之一）："大自然，世界，深邃的宇宙，／我流淌着幸福的泪珠，／被隐隐的战栗笼罩着，／定站到你久久的祈祷式结束。"德国哲学家本雅明曾在梦中见到歌德，感动得流泪。因为那位老年艺术家，站定在他的土地之上如一尊雕塑；雕塑的口中述出那些话语，从心所欲而不逾矩。

我也曾得到一本八十年代出版的《含泪的圆舞曲》。在翻阅那本来自图书馆的旧书之时，我仿佛看到老年的帕斯捷尔纳克走入一片树林，与他年幼时所经历的一切再次相遇，遇见 1912 年的伙伴们。那么，"一切应验了"；"我透过林中的树间空隙，／能把全部未来的生活看穿。／小到百分之一的一切／在它里面得到证实和应验。"

他回到了曾在麻雀山目睹的年老体衰之预言，在先验的巨大光芒中。曾经环绕着诗人的众多比喻纷纷悉数掉落。像一位准备进入大海的泳者，他脱去自己的衣物，如仪式一般庄重。他成为"永恒的人质"和"时间的俘虏"，并且已经看见，"昏昏欲睡的时针和分针／已懒得在刻度盘上旋转，／可是一日长于百年，／拥抱永远没完没了。"

帕斯捷尔纳克伴我走过了十年岁月。日光之下并无新事，每日我在北京的街巷间步行，正如前辈诗人王家新表达过的经验（他说"这是耻辱！这是北京的十二月的冬天"）。我带着《帕斯捷尔纳克诗全集》参加聚会，迷蒙之时想起"一日长于百年"，散场后，我把这句话转述给一位友人。友人喟然答复说："有它在，我辈还怕甚。有它在，这就是一次永不散场的筵席。"

2014 年 9 月 28 日